বীডেল দ্য বার্ড-এর গল্পকথা

THE HARRY POTTER SERIES

In reading order:
Harry Potter and the Philosopher's Stone
Harry Potter and the Chamber of Secrets
Harry Potter and the Prisoner of Azkaban
Harry Potter and the Goblet of Fire
Harry Potter and the Order of the Phoenix
Harry Potter and the Half-Blood Prince
Harry Potter and the Deathly Hallows

Also available in Latin:
Harry Potter and the Philosopher's Stone
Harry Potter and the Chamber of Secrets

Also available in Welsh, Ancient Greek and Irish:
Harry Potter and the Philosopher's Stone

COMPANION VOLUMES

Available in English, Bangla, Gujarati, Hindi, Kannada, Malayalam, Marathi, Tamil, and Telugu

Fantastic Beasts and Where to Find Them
Quidditch Through the Ages
(Published in aid of Comic Relief and Lumos)

The Tales of Beedle the Bard
(Published in aid of Lumos)

The three companion volumes also available as:
The Hogwarts Library
(Published in aid of Comic Relief and Lumos)

ILLUSTRATED EDITIONS

Illustrated by Jim Kay
Harry Potter and the Philosopher's Stone
Harry Potter and the Chamber of Secrets
Harry Potter and the Prisoner of Azkaban
Harry Potter and the Goblet of Fire
Illustrated by Jim Kay with Neil Packer
Harry Potter and the Order of the Phoenix

Illustrated by Olivia Lomenech Gill
Fantastic Beasts and Where to Find Them

Illustrated by Chris Riddell
The Tales of Beedle the Bard

Illustrated by Emily Gravett
Quidditch Through the Ages

জে.কে. রাউলিং

বীডেল দ্য বার্ড-এর গল্পকথা

মূল প্রাচীন লেখা থেকে অনুবাদ করেছেন হারমায়নী গ্রেঞ্জার

সংযোজিত মন্তব্য - প্রোফেসর অ্যাল্বাস ডাম্বেলডোর

বঙ্গানুবাদ - সোহম রায়

অলঙ্করণ - তমিস্লাভ তমিচ

BLOOMSBURY
LONDON OXFORD NEW YORK NEW DELHI SYDNEY

LUMOS

BLOOMSBURY INDIA
Bloomsbury Publishing India Pvt. Ltd
Second Floor, LSC Building No. 4, DDA Complex, Pocket C – 6 & 7,
Vasant Kunj, New Delhi 110070

BLOOMSBURY, BLOOMSBURY INDIA and the Diana logo are trademarks of
Bloomsbury Publishing Plc

First published in Great Britain in 2008 by Lumos (formerly the Children's
High Level Group), Peninsular House, 30–36 Monument Street, London, EC3R 8NB,
in association with Bloomsbury Publishing Plc
50 Bedford Square, London WC1B 3DP

Bangla translation of *The Tales of Beedle the Bard*
First published in Bangla, 2023

Bangla edition co-ordination by TranslationPanacea, Pune
Translated from English to Bangla by Soham Roy

Text design by Becky Chilcott

Named after the light-giving spell in the Harry Potter books,
Lumos is a charity founded by J.K. Rowling. Lumos are fighting for every
child's right to a family, by transforming care systems around the world.
Our aim is to light a path to a brighter future for children, where all children
can grow up in safe and loving families. We are fighting for family. We are Lumos.
To find out more visit www.wearelumos.org

Lumos is the operating name of Lumos Foundation, a company limited by guarantee
registered in England and Wales, number 5611912. Registered charity number 1112575

ISBN: 978-93-88134-54-5

2 4 6 8 10 9 7 5 3 1

Printed and bound in India by Thomson Press India Ltd

FSC www.fsc.org
MIX
Paper from
responsible sources
FSC® C010615

সূচিপত্র

ভূমিকা

বীডেল দ্য বার্ড-এর গল্পকথা তরুণ জাদুকর এবং জাদুকরীদের জন্য লেখা একটা গল্প-সঙ্কলন। এই গল্পগুলো বহু শতক ধরে ঘুমপাড়ানি গল্প হিসাবে বিখ্যাত, যার ফলে হগওয়ার্টসের পাঠকদের কাছে 'লাফানো পাত্র' এবং 'সৌভাগ্যের ঝর্ণা' ততটাই পরিচিত, যতটা মাগল (অজাদুকরী) বাচ্চাদের কাছে সিন্ডেরেলা এবং স্লীপিং বিউটি।

বীডেলের গল্পের সাথে আমাদের রূপকথার গল্পের প্রচুর মিল পাওয়া যায়; যেমন এখানেও সাধারণত সদগুণ পুরস্কৃত হয় এবং পাপের সাজা হয়। কিন্তু একটা পার্থক্য সুস্পষ্ট। মাগলদের রূপকথার গল্পে সাধারণত নায়ক বা নায়িকার সমস্ত সংকটের মূলে থাকে জাদু – যেমন দুষ্ট ডাইনীর কোনও আপেল বিষাক্ত করে দেওয়া, অথবা রাজকন্যাকে একশো বছরের জন্য ঘুম পাড়িয়ে দেওয়া, অথবা রাজকুমারকে একটা কুৎসিত পশুতে

পরিণত করা। অন্যদিকে *বীডেল দ্য বার্ড-এর গল্পকথা*'এ আমরা সেইসব নায়ক-নায়িকাদের দেখি যারা জাদুর ব্যবহার জানা সত্ত্বেও আমাদেরই মতো তাদের নিজেদের সমস্যার সমাধান সহজে করতে পারে না। বীডেলের গল্পগুলো বহু প্রজন্ম ধরে জাদুকরী অভিভাবকদের সাহায্য করে এসেছে তাদের সন্তানদেরকে জীবনের এক কঠিন সত্যের ব্যাপারে অবগত করতে: জাদু যতখানি সমস্যার সমাধান করে, ঠিক ততটাই সমস্যা তৈরিও করে।

এই রূপকথাগুলো এবং মাগলদের গল্পগুলোর মধ্যে আরেকটা পার্থক্য উল্লেখযোগ্য। বীডেলের জাদুকরীরা আমাদের রূপকথার নায়িকাদের থেকে অনেক বেশি সক্রিয় তাদের নিজেদের ভাগ্য গঠন করার কাজে। আশা, অ্যালথীডা, অ্যামাটা এবং ব্যাবিটি র‍্যাবিটি - এই সকল জাদুকরীদের কেউই দীর্ঘায়িত ঘুমে আচ্ছন্য হয়ে পড়ে না, অথবা অপেক্ষা করে না কতক্ষণে কেউ এসে তাদের হারিয়ে যাওয়া জুতো ফিরিয়ে দেবে, বরং এরা নিজেদের ভাগ্য নিজেরাই গঠন করে। এই ধারা থেকে ব্যাতিক্রম - 'বীর-জাদুকরের লোমে আবৃত হৃদয়' গল্পের অজ্ঞাতনামা কুমারী - যে অনেকটা আমাদের গল্পের বইয়ের রাজকন্যার মতো, কিন্তু সেই গল্পের শেষেও কিন্তু 'তারপর তারা সুখে জীবন কাটাতে লাগল' ধরনের কিছু হয় না।

বীডেল দ্য বার্ড পনেরোশো খ্রিস্টাব্দের মানুষ এবং তার জীবন পুরোটাই রহস্যে ঢাকা। আমরা জানতে পারি যে তিনি

ইয়র্কশায়ারে জন্মগ্রহণ করেছিলেন, এবং কাঠে খোদাই করা তার একমাত্র উদ্ধারপ্রাপ্ত ছবিতে দেখা যায় তার বেশ বড়সড় একখানা দাড়ি ছিল। তার গল্পগুলো যদি তার ধ্যানধারণাকে সঠিক ভাবে ব্যাক্ত করে থাকে তাহলে জানা যায় যে তিনি মাগলদের বেশ পছন্দই করতেন, কারণ তিনি মনে করতেন মাগলরা ক্ষতিকারক নয়, বরং বোকা। তিনি 'কালা জাদু'-কে সন্দেহের চোখে দেখতেন, এবং মনে করতেন সবচেয়ে খারাপ ধরনের জাদুকরদের জন্ম হয়েছে হিংসা, অশ্রদ্ধা, ক্ষমতার অহংকার-জনিত অপপ্রয়োগ, ইত্যাদি মনুষ্যসুলভ বৈশিষ্ট্য থেকে। তার গল্পের মধ্যে বিজয়ী নায়ক-নায়িকারা সবচেয়ে শক্তিশালী জাদুকর নন, বরং তাদের মধ্যে উদারতা, স্বাভাবিক বোধবুদ্ধি, অকপটতা, ইত্যাদি সদগুণ দেখতে পাওয়া যায়।

একজন আধুনিক জাদুকর যিনি এই একই রকম ভাবধারায় বিশ্বাসী, তিনি হলেন প্রোফেসর অ্যাল্বাস পার্সিভাল উলফ্রিক ব্রায়ান ডাম্বেলডোর, অর্ডার অফ মার্লিন, ফার্স্ট ক্লাস, হগওয়ার্টস্ স্কুল অফ উইচক্রাফ্ট অ্যান্ড উইজার্ডরি'র প্রধান-শিক্ষক, ইন্টারন্যাশনাল কনফেডারেশন অফ উইজার্ডস্-এর একজন বিশিষ্ট ব্যাক্তি, এবং উইযেনগ্যামট-এর চীফ ওয়ার্লক। দুজনের দৃষ্টিভঙ্গিতে অনেক মিল থাকা সত্বেও হগওয়ার্টসের সংরক্ষণাগার নিয়ে ডাম্বেলডোরের যে উইল, তাতে অন্যান্য কাগজ পত্রের মধ্যে *বীডেল দ্য বার্ড-এর গল্পকথা* সম্পর্কে লেখা কিছু খসড়া

খুঁজে পাওয়া গেছে এবং সেগুলো যথেষ্ট বিস্ময়কর। এই বক্তব্যগুলো তিনি ভবিষ্যতে প্রকাশনার উদ্দেশ্যে লিখেছিলেন, নাকি নিজের সন্তুষ্টির জন্য, তা আমরা কখনোই জানতে পারব না; কিন্তু প্রোফেসর মিনার্ভা ম্যাকগনেগাল, বর্তমানে হগওয়ার্টসের প্রধান-শিক্ষিকা, আমাদের অনুমতি দিয়েছেন প্রোফেসর ডাম্বেলডোরের লেখাগুলোকে হারমায়নী গ্রেঞ্জারের এই নতুন অনুবাদের সঙ্গে ছাপানোর। আমরা আশা রাখি প্রোফেসর ডাম্বেলডোরের অন্তর্দৃষ্টি, যা জাদুর ইতিহাসের নানান বিষয়ে আলোকপাত করে, ওনার ব্যাক্তিগত অভিজ্ঞতার স্মৃতিচারণ এবং প্রত্যেকটা গল্পের কিছু জরুরী বিষয়ে শিক্ষামূলক তথ্য জাদুকর এবং মাগল পাঠকদের এক নতুন প্রজন্মকে *বীডেল দ্য বার্ড-এর গল্পকথা* বুঝতে এবং তাকে মূল্যায়ন করতে সাহায্য করবে। যারা প্রোফেসর ডাম্বেলডোরকে ব্যাক্তিগত ভাবে জানতেন, তারা সকলেই বিশ্বাস করেন যে তিনি এই প্রকল্পকে সাহায্য করতে খুবই খুশি হতেন, এবং অতি অবশ্যই এই শর্তে যে এর থেকে উঠে আসা অর্থের মধ্যে লেখকের যেই প্রাপ্য ভাগ সেটা দান করা হবে ল্যুমস'কে, যা সেই সমস্ত শিশুদের জন্য গড়ে ওঠা একটি ত্রান-সংস্থা যাদের কথা সাধারণ মানুষের কাছে সহজে পৌঁছয় না।

প্রোফেসর ডাম্বেলডোরের লেখাগুলোর ব্যাপারে আরেকটি কথা বলে রাখা ভালো। যতদূর মনে হয়, এই লেখাগুলো তিনি

শেষ করেছিলেন হগওয়ার্টস্ এস্ট্রোনমি টাওয়ারের সেই মর্মান্তিক ঘটনার আঠেরো মাস আগে। যারা সব চেয়ে আধুনিকতম জাদুকরী যুদ্ধের ইতিহাসের সঙ্গে পরিচিত (যেমন ধরুন, যারা যারা হ্যারি পটারের জীবন নিয়ে লেখা বইয়ের সাতটা খণ্ডই পড়েছেন) তারা জানেন যে প্রোফেসর ডাম্বেলডোর এই বইয়ের শেষ গল্পটারর ব্যাপারে যতটা জানেন, অথবা সন্দেহ করেন, তার চেয়ে কিছুটা কম ব্যক্ত করেন। এই মৌনতার কারণ হয়তো পাওয়া যেতে পারে বহু বছর আগে তার প্রিয় এবং সব চেয়ে বিখ্যাত ছাত্রকে ডাম্বেলডোর সত্য সম্বন্ধে যা বলেছিলেন সেই মন্তব্যে:

> *'এ এক সুন্দর এবং সাঙ্ঘাতিক বস্তু,*
> *এবং সেই কারণেই খুব সাবধানতার সাথে ব্যবহার করা উচিত।'*

আমরা তার সাথে একমত হই বা না হই, কিন্তু আমরা সকলেই হয়তো প্রোফেসর ডাম্বেলডোরকে ক্ষমা করে দেব ভবিষ্যৎ পাঠকদেরকে সেই প্রলোভন থেকে মুক্ত করার তার সদিচ্ছার জন্য, যেই প্রলোভনের শিকার তিনি নিজেই হয়েছিলেন এবং যার জন্য তাকে এত ভয়ানক একটা ক্ষতিপূরণ দিতে হয়।

জে. কে. রাউলিং

২০০৮

পদটীকা সংক্রান্ত তথ্য

যেহেতু প্রোফেসর ডাম্বেলডোর মূলত জাদুকরী পাঠকদের জন্যই লিখতেন, সেহেতু আমি মাগল পাঠকদের বোঝার সুবিধার্থে কিছু জায়গায় কোনও কোনও শব্দ অথবা তথ্যের ব্যাখ্যান দিয়েছি।

জে.কে. আর.

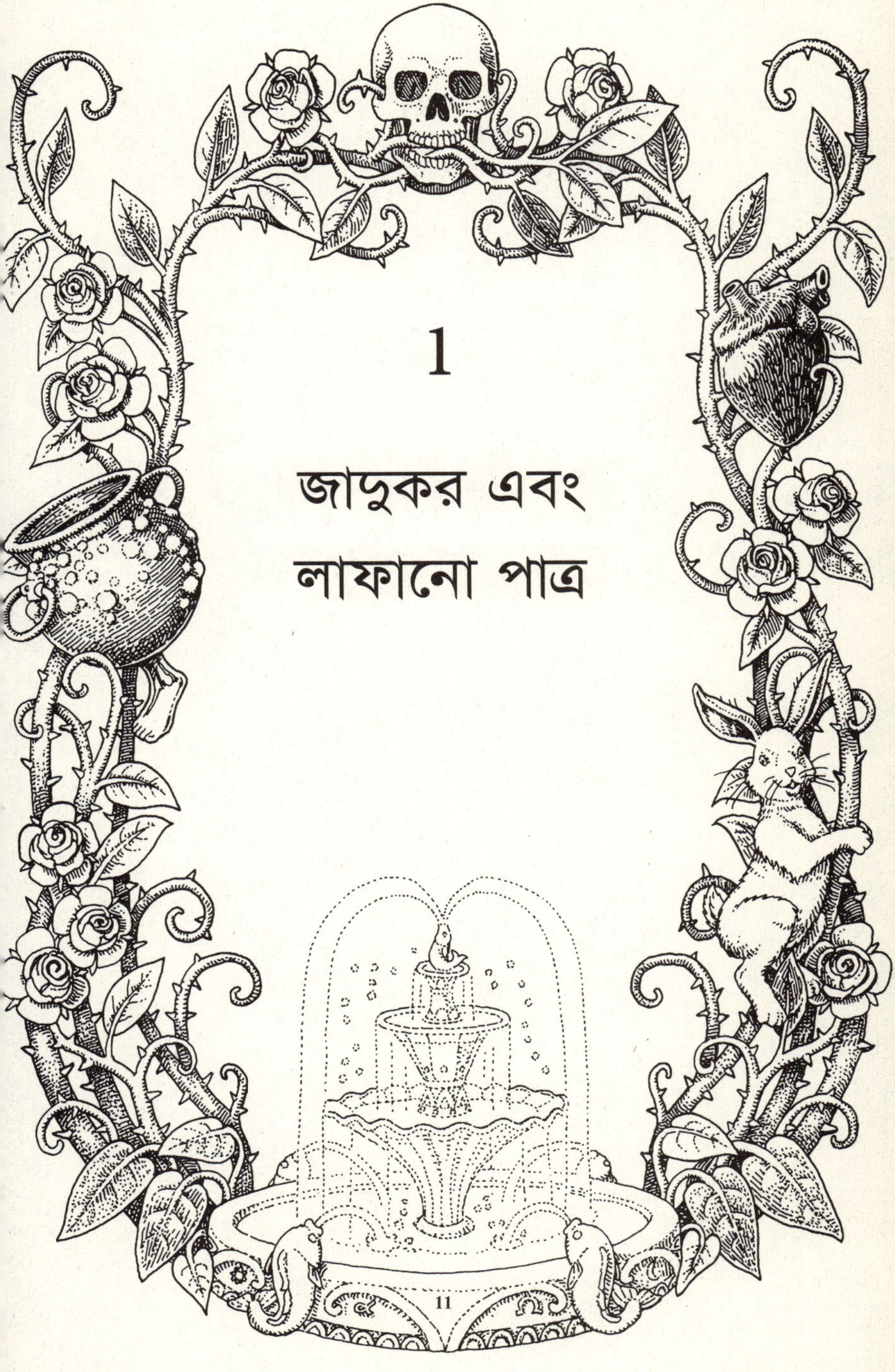

1

জাদুকর এবং লাফানো পাত্র

একসময় এক পরোপকারী বৃদ্ধ জাদুকর ছিলেন, যিনি প্রতিবেশীদের কল্যাণের উদ্দেশ্যে উদারতা এবং বুদ্ধিমত্তার সাথে তার জাদু ব্যবহার করতেন। তার ক্ষমতার প্রকৃত উৎস উদ্ঘাটন না করে বরং তিনি ভান করতেন যে তার সমস্ত জাদুমন্ত্র এবং ঔষধিক মিশ্রণ যেন নিজের থেকেই উঠে আসে একটা বড় পাত্র থেকে যেটাকে তিনি বলতেন সৌভাগ্যজনক রান্নার পাত্র। দূর-দূরান্ত থেকে বহু লোক তার কাছে আসতেন তাদের নানান সমস্যা নিয়ে, এবং তিনি খুব খুশি মনে তার সেই পাত্রটাকে নেড়ে-চেড়ে সমাধান বের করতেন। সকলের প্রিয় এই জাদুকর বহুদিন বেঁচে ছিলেন, তারপর তার একমাত্র ছেলের জন্য তার সমস্ত সম্পত্তি রেখে দিয়ে হঠাৎ একদিন মারা গেলেন।

এই ছেলের চরিত্র ছিল তার ভদ্র বাবার থেকে একদমই আলাদা। যারা জাদু জানে না তাদেরকে সে মনে করতো

অপদার্থ, এবং জাদুর মাধ্যমে প্রতিবেশীদের সাহায্য করার তার বাবার যেই স্বভাব, সেই ব্যাপারে ছিল তার ঘোরতর আপত্তি।

বাবার মৃত্যুর পর তার ছেলে সেই পুরনো রান্নার পাত্রের ভেতর থেকে নিজের নাম লেখা একটা ছোট পুঁটুলি খুঁজে পেয়েছিল। সে ওমনি সোনা পাওয়ার আশায় সেটা খুলে দেখে তার মধ্যে রয়েছে এক পাটি নরম, মোটা চটি, যা তার পায়ের তুলনায় অনেকটাই ছোট, এবং যার দ্বিতীয় কোনও জোড়া নেই। সেই চটির ভেতর একটা ছোট কাগজের টুকরোয় লেখা 'আশা করি, পুত্র, তোমার যেন কোনোদিনও এর প্রয়োজন না পড়ে।'

ছেলেটা তখন তার বাবার বয়স্ক স্নেহময় কোমল হৃদয়কে গালাগাল দিয়ে চটিটা পাত্রের ভেতর ছুড়ে ফেলে দিয়ে প্রতিজ্ঞা করল এর পর থেকে সে এই পাত্রটাকে শুধু ময়লা ফেলার কাজে ব্যবহার করবে।

সেই রাতেই এক কৃষক রমণী এসে দরজায় কড়া নাড়ল। সে এই লোকটাকে বলল 'আমার নাতনী আঁচিলের রোগে আক্রান্ত। আপনার বাবা ঐ পাত্রে একটা বিশেষ প্রলেপ তৈরি করতেন...'

'বেরিয়ে যাও!' ছেলেটা বলে উঠল। 'তোমার নাতনীর আঁচিল হয়েছে তো তাতে আমি কি করব?' এই বলে সে বৃদ্ধার মুখের উপর দরজা বন্ধ করে দিল।

ঠিক তক্ষুনি রান্নাঘর থেকে ঠংঠং ঝন্‌ঝন্ শব্দ আসতে লাগল। জাদুকর তার জাদুর ছড়িতে আলো জ্বালিয়ে দরজা খুলতেই আশ্চর্য হয়ে দেখে তার বাবার সেই পুরনো রান্নার পাত্রের একটা পিতলের পা গজিয়েছে, এবং তাই নিয়ে সে ভয়ানক আওয়াজ করে ঘরের মাঝখানে একটা চৌকো পাথরের উপর দাঁড়িয়ে লাফাচ্ছে। জাদুকর সেই পাত্রের দিকে কিছুটা এগোতেই ঘাবড়ে গিয়ে আবার পিছিয়ে এল, সে দেখল পাত্রটার সারা গা আঁচিলে ভরে গেছে।

'কি জঘন্য জিনিস!' এই বলে সে প্রথমে পাত্রটাকে উধাও করে দেওয়ার চেষ্টা করল, তারপর তাকে জাদু দিয়ে পরিষ্কার

করার চেষ্টা করল, এবং শেষ পর্যন্ত তাকে বাড়ি থেকে বের করে দিতে উদ্যত হল। কিন্তু তার কোনও মন্ত্রেই কোনও কাজ হল না, বরং সেই পাত্র তার পেছন পেছন লাফিয়ে লাফিয়ে রান্নাঘরের বাইরে চলে এল, তারপর কাঠের সিঁড়ির উপর দিয়ে ঝন্‌ঝন্‌, ঠং ঠং শব্দ করে লাফাতে লাফাতে বিছানা পর্যন্ত পৌঁছে গেল।

সেই রাতে জাদুকরের আর ঘুম হল না, কারণ আঁচিলওয়ালা পাত্রটা রাতভর তার বিছানার পাশে লম্ফঝম্ফ করে গেল, এবং পরের দিন সকালেও জলখাবারের টেবিল অব্দি তার পেছন পেছন লাফিয়ে ক্ল্যাং ক্ল্যাং আওয়াজ করতে করতে যেতে লাগল। জাদুকর সবে পরিজ খাওয়া শুরু করতে যাবে, এমন সময় দরজায় আবার কে কড়া নাড়ল।

এক বয়স্ক ভদ্রলোক দরজায় এসে দাঁড়িয়েছে। 'বাবু, আমার পুরনো গাধাটা' সে বলল, 'হয় হারিয়ে গেছে, নয়তো কেউ চুরি করেছে, আর ওকে ছাড়া আমি আমার জিনিসপত্র বাজারে নিয়ে যেতে পারব না, আমার পরিবার আজ রাতে কিছু খেতে পাবে না'।

'এবং আমার এখন খুব খিদে পেয়েছে!' এই বলে চিৎকার করে জাদুকর দরজাটা বৃদ্ধের মুখের উপর বন্ধ করে দিল।

ক্ল্যাং ক্ল্যাং ক্ল্যাং শব্দ করতে করতে তখন সেই পাত্র পিতলের পা নিয়ে মেঝের উপর লাফাতে আরম্ভ করল, কিন্তু এবার তার সাথে গাধার ডাক এবং ক্ষুধার্ত মানুষের গোঙানির শব্দও পাত্রের ভেতর থেকে আসতে লাগল।

'এই থাম, এই চুপ কর!' জাদুকর চেঁচিয়ে উঠল, কিন্তু তার সমস্ত জাদু-শক্তি দিয়েও আঁচিলওয়ালা পাত্রটাকে শান্ত করতে পারল না, সারাদিন ধরে সেই পাত্র নানারকম আওয়াজ করতে করতে জাদুকরের পায়ে পায়ে ঘুরে বেড়াল।

সেদিন বিকেলে তৃতীয় এক ব্যক্তি তার দরজায় কড়া নাড়ল। চৌকাঠের কাছে দাঁড়িয়ে এক অল্পবয়সী মেয়ে ফুঁপিয়ে ফুঁপিয়ে কাঁদছে, যেন মর্মবেদনায় এক্ষুনি ভেঙ্গে পড়বে।

'আমার বাচ্চা খুব অসুস্থ', সে বলল। 'আপনি কি দয়া করে আমাদের একটু সাহায্য করবেন না? আপনার বাবা বলেছিলেন কোনও সমস্যায় পড়লে আসতে...'

জাদুকর তার মুখের উপর দরজা বন্ধ করে দিল।

এইবার সেই অস্বস্তিকর পাত্রের কানা অব্দি নোনা জলে ভরে উঠল, এবং তার লাফানোর সাথে সাথে মেঝে জুড়ে চোখের জল উছলে পড়তে লাগল, তার সাথে গাধার

আওয়াজ, মানুষের গোঙানি, এবং আরো আঁচিল গজাল পাত্রের গায়ে।

এর পর যদিও সারা সপ্তাহ ধরে কোনও গ্রামবাসী জাদুকরের কুটিরে সাহায্য চাইতে আসেনি, তবুও পাত্রটা তাকে সমস্ত দুঃখ কষ্টের ব্যাপারে জানান দিয়ে গেছে। কিছুদিনের মধ্যেই গাধার ডাক, মানুষের গোঙানি, চোখের জল ছড়ানো, আঁচিল গজানো ছাড়াও, সেই পাত্র বাচ্চাদের মতো কান্না, কুকুরের মতো ঘ্যানঘ্যানানী জুড়ে দিল, এবং থেকে থেকে বিষম খেয়ে বাজে চীজ, টক দুধ এবং প্রচুর পরিমাণে শামুক জাতীয় সরীসৃপ উগরাতে লাগল।

ওটা পাশে থাকলে জাদুকর খেতে বা ঘুমোতে পারতো না, এদিকে পাত্রটা তাকে সহজে ছাড়বে না এবং জাদুকর ওটাকে চুপ করাতে বা শান্ত করাতেও পারছে না।

অবশেষে সে আর সহ্য করতে না পেরে হঠাৎ একদিন রাত্রিবেলা গ্রামের রাস্তায় বেরিয়ে পড়ল। পাত্রটাও লাফাতে লাফাতে তার পেছন পেছন চলেছে।এমন সময় জাদুকর হঠাৎ চেঁচিয়ে উঠল, ‘নিয়ে এসো তোমাদের সকলের যা যা সমস্যা আছে, সবার সমস্ত দুঃখ কষ্ট সব কিছু! এসো তোমাদের সমস্যার সমাধান করি, তোমাদের অশান্তি দূর করি! আমার

কাছে আমার বাবার সেই রান্নার পাত্রটা আছে এবং তার সাহায্যে আমি তোমাদের সমস্ত দুঃখকষ্ট থেকে মুক্তি দেব!'

এই বলে সে চারিদিকে জাদুমন্ত্র প্রয়োগ করতে করতে রাস্তা দিয়ে হাঁটতে লাগল।

তখন একটা বাড়িতে একজন ঘুমন্ত বালিকার সমস্ত আঁচিল মিলিয়ে গেল, অন্যদিকে হারিয়ে যাওয়া গাধাটাকে বহু দূরের একটা বনগোলাপের ঝাড় থেকে খুঁজে পাওয়া গেল এবং তাকে শান্ত করে আস্তাবলে ফিরিয়ে আনা হল; অসুস্থ শিশুকে ওষুধ খাইয়ে ঘুম পাড়ানো হল, সে সুস্থ হয়ে চনমনে মেজাজে জেগে উঠল। যে সমস্ত বাড়িতে চরম অসুস্থতা এবং দুঃখকষ্ট ছিল, জাদুকর সেই সমস্ত বাড়িতে গিয়ে পীড়া হরণের সর্বোত্তম চেষ্টা

করল, এবং ধীরে ধীরে দেখা গেল পাত্রটার গোঙানি কমে গিয়ে সে শান্ত এবং পরিষ্কার হয়ে উঠছে।

এইবার সূর্যোদয়ের সাথে সাথে জাদুকর কাঁপতে কাঁপতে পাত্রটাকে উদ্দেশ্য করে বলল, 'শান্তি?'

সে তখন ভেতর থেকে সেই এক পাটি চটি যেটা ওর ভেতর ফেলে দেওয়া হয়েছিল, সেটা বের করে জাদুকরকে ইশারায় বোঝাল সে যেন ওটাকে তার ঐ পিতলের পায়ে পরিয়ে দেয়। তারপর একসাথে দুজনে জাদুকরের ঘরে ফিরে গেল, অবশেষে পাত্রের পায়ের আওয়াজ বন্ধ হল। কিন্তু সেদিনের পর থেকে জাদুকর তার বাবার মতোই গ্রামবাসীদের সাহায্য করতে লাগল, নয়তো পাছে সেই পাত্র আবার চটি খুলে লাফাতে আরম্ভ করে।

‘জাদুকর এবং লাফানো পাত্র’র ব্যাপারে অ্যালবাস ডাম্বেলডোরের মন্তব্য

একবার এক বৃদ্ধ হিতৈষী জাদুকর স্থির করলেন তিনি তার ছেলেকে স্থানীয় মাগলদের কিছু সমস্যার সম্মুখে দাঁড় করিয়ে একটা শিক্ষা দেবেন। এতে সেই তরুণ জাদুকরের নীতিবোধ জেগে ওঠে এবং সে জাদুর মাধ্যমে তার অজাদুকরী প্রতিবেশীদের সাহায্য করতে রাজি হয়। এই গল্পটাকে যদি কেউ আর পাঁচটা সহজ সরল ভালো লাগা গল্পের মতো ভাবে, তাহলে পরে সে বুঝতে পারবে সে কতটা বোকা। এটা কি শুধুমাত্র মাগলপন্থী একটা গল্প যা কেবল এক মাগল-দরদী বাবা, যে তার

মাগল-বিরোধী ছেলের থেকে পরিণত এক জাদুকর, তাদের কথা বলে যায়? এই গল্পগুলোকে বহুবার পুড়িয়ে ফেলার চেষ্টা করা হয়েছে, এবং তা সত্ত্বেও এটা যে সেই আগুনের হাত থেকে বেঁচে ফিরেছে সেটা একটা অকল্পনীয় ব্যাপার।

বীডেল তার সমকালীন ধারা থেকে বেরিয়ে এসে একটু আলদা ভাবে মাগলদেরকে প্রেম এবং স্নেহশীলতার ব্যাপারে উপদেশ দিয়ে যেতেন। পঞ্চদশ শতাব্দীতে ইউরোপীয় জাদুকর এবং জাদুকরীদের উপর নিপীড়ণের মাত্রা ক্রমশ বেড়েই চলেছিল। জাদুকর সম্প্রদায়ের অনেকে যথেষ্ট যুক্তিসংগত ভাবেই বিশ্বাস করতেন যে মাগল প্রতিবেশীর অসুস্থ শুয়োরের উপরেও জাদুমন্ত্র প্রয়োগ করা যেন নিজের মৃতদেহের চিতাকাঠ যোগার করার সমান।[1] 'মাগলরা নিজেদের দায়িত্ব নিজেরা নিক' এই রব তুলে জাদুকরেরা তাদের অজাদুকরী ভ্রাতৃবৃন্দদের থেকে দূরে সরতে থাকে, যার ফলে ধীরে ধীরে ১৬৮৯ খ্রিষ্টাব্দে

---

[1] একথা সত্যি যে আসল জাদুকরেরা ফাঁসির মঞ্চ থেকে পলায়নে যথেষ্ট সুপটু ছিল ('ব্যাবিটি র‍্যাবিটি এবং তার হাস্যময় কাণ্ড' গল্পে লিসেট্ ডি ল্যাপ্লিন-এর ব্যাপারে আমার মন্তব্যে চোখ রাখুন)। কিন্তু তবুও কয়েকজন সত্যি সত্যিই মারা গিয়েছিলেন, যেমন: স্যার নিকোলাস ডি মিমসী-পরপিংটন (যিনি তার জীবদ্দশায় রয়াল কোর্টের একজন জাদুকর ছিলেন, এবং মৃত্যুর পর হয়ে উঠলেন গ্রিফিন্ডোর টাওয়ারের এক ভুতুড়ে মানবমূর্তি)। তার জাদুর ছড়ি কেড়ে নিয়ে তাকে কারাগারে বন্দি করে রাখা হয়, এবং শেষ পর্যন্ত তিনি আর জাদুর মাধ্যমে নিজেকে প্রাণদণ্ড থেকে রক্ষা করতে পারেননি। জাদুকরদের পরিবারের মধ্যে তরুণ সদস্যদের হারানোর একটা প্রবনতা ছিল, তাদের নিজেদের জাদুর উপর নিয়ন্ত্রণ না থাকার ফলে তারা মাগল শিকারিদের চোখে পড়ে যেত।

'ইন্টারন্যাশনাল স্ট্যাটিউট অফ উয়িজার্ডিং সিক্রেসী' নামক একটা প্রতিষ্ঠান গড়ে ওঠে, এবং পুরো জাদুকর-সম্প্রদায় স্বেচ্ছায় নিজেদের আত্মগোপন করে নেয়।

এদিকে সেই অদ্ভুত লাফানো পাত্রের গল্প শিশুদের মন জয় করেছে। একমাত্র সমাধান ছিল মাগলপন্থী ভাবধারা বর্জন করা এবং একই সঙ্গে সেই জাদুকরী পাত্রটাকেও সঙ্গে রাখা, যার ফলে ষোলশো শতাব্দীর মাঝামাঝির দিকে জাদুকরদের পরিবারে এই গল্পেরই এক ভিন্ন সংস্করণ বেশ প্রচলিত হয়ে ওঠে। এই সংশোধিত গল্পে লাফানো পাত্র এক নিরীহ জাদুকরকে মশাল এবং অস্ত্রধারী প্রতিবেশীদের হাত থেকে রক্ষা করে, তাদেরকে তাড়া করে জাদুকরের বাড়ি থেকে বের করে দেয়, তারপর তাদের ধরে ধরে আস্ত গিলে খায়। গল্পের শেষে, যখন পাত্রটা বেশীর ভাগ প্রতিবেশীদের খেয়ে ফেলেছে, তখন অবশিষ্ট গ্রামবাসীরা তাকে প্রতিশ্রুতি দেয় যে তারা তাকে আর বিরক্ত করবে না, একা একা শান্তিতে জাদু-চর্চা করতে দেবে।এর বিনিময়ে জাদুকরের আদেশে পাত্রটা সমস্ত শিকার করা গ্রামবাসীদের সামান্য ক্ষত সমেত ফিরিয়ে দেয়।তারপর থেকে আজ অব্দি কিছু জাদুকরী শিশুদেরকে তাদের অভিভাবকরা (যারা সাধারণত মাগল-বিরোধী) এই তথাকথিত 'সংশোধিত' গল্পটাই পড়ায়, যার ফলে তারা আসল গল্পটা জানতে পেরে অবাক হয়ে যায়।

যেমনটা আমি আগেই ইঙ্গিত দিয়েছি, মাগলদের পক্ষপাতিত্ব করাই 'জাদুকর এবং লাফানো পাত্র'র উপর জাদুকরদের রাগ হওয়ার একমাত্র কারণ নয়। জাদুকরী-শিকার যত ভয়ানক হতে থাকে, তত তারা সপরিবারে দ্বৈত জীবন যাপন করতে শুরু করে, জাদুমন্ত্র দ্বারা নিজেদের নকল অবয়ব তৈরি করে তারা সপরিবারে লুকিয়ে থাকে। সপ্তদশ শতাব্দীর মধ্যে অবস্থা এমন জায়গায় পৌঁছয় যে, কোনও জাদুকর যদি মাগলদের সঙ্গে ভ্রাতৃত্ব স্থাপন করার চেষ্টা করতো, তখন তাকে সন্দেহের চোখে দেখা হতো এবং তার নিজের সম্প্রদায় থেকেও বহিষ্কৃত করা হতো।মাগলদের সপক্ষে যেসব জাদুকর বা জাদুকরীরা কথা বলতো, তাদেরকে প্রচুর গালাগাল শুনতে হয়েছে ('মাডওয়ালোয়ার', 'ডাংলিকার', 'স্কামসাকার' এইসব উপাধিগুলো সেই সময় থেকেই ব্যবহৃত হয়ে আসছে) যেমন, তাদের বিরুদ্ধে অভিযোগ ছিল তারা নাকি দুর্বল বা নিম্নমানের জাদুকর। সেই সময়কার প্রভাবশালী জাদুকর, যেমন ব্রুটাস ম্যালফয়, 'যুদ্ধক্ষেত্রে জাদুকর' নামক একটা মাগল-বিরোধী পত্রিকার সম্পাদক, অপপ্রচার করতো যে মাগল-প্রেমীদের জাদু-ক্ষমতা প্রায় স্কুইব-দের[2] মতো। ১৬৭৫ খ্রিষ্টাব্দে ব্রুটাস লিখেছিলেন:

---

2 [জাদুকর মাতাপিতার জাদু-ক্ষমতাহীন সন্তানদেরকে 'স্কুইব' বলা হয়। এই ধরনের ঘটনা অত্যন্ত বিরল। মাগল পরিবারে জন্ম নেওয়া জাদুকর বা জাদুকরী সেই তুলনায় অনেক বেশি প্রচলিত। জে.কে.আর.]

আমরা নিশ্চিতরূপে বলতে পারি : যে জাদুকর মাগল সমাজের প্রতি ভালোবাসা দেখায়, তার বিচারবুদ্ধি কম, তার জাদুশক্তি এতই দূর্বল এবং করুণা উদ্রেককারী, যে সে যখন মাগলদের মধ্যে থাকবে কেবল তখনই নিজেকে উচ্চতর মনে করতে পারবে।

অজাদুকরী সমাজের প্রতি দূর্বলতার চেয়ে বড় দূর্বল জাদুশক্তির প্রতীক আর কিছু নেই।

এরূপ কুসংস্কার ধীরে ধীরে তখনই কাটতে থাকে যখন প্রচুর প্রমাণ উঠে আসে যে পৃথিবীর শ্রেষ্ঠতম জাদুকরদের বেশির ভাগই[3] একটা শব্দ প্রায়ই ব্যবহার করতো, 'মাগল-প্রেমী'।

'জাদুকর এবং লাফানো পাত্র'র বিরুদ্ধে এই শেষ অভিযোগটা আজও কিছু কিছু জায়গায় প্রচলিত। এটাকে সবচেয়ে সুন্দর ভাবে গুছিয়ে ব্যক্ত করেছেন সম্ভবত বিয়েট্রিক্স ব্লক্স্যাম (১৭৯৪-১৯১০), 'টোডস্টুলের গল্প' নামক কুখ্যাত বইয়ের লেখিকা। শ্রীমতি ব্লক্স্যাম মনে করতেন '*বীডল দ্য বার্ড-এর গল্পকথা*' বাচ্চাদের জন্য ক্ষতিকারক কারণ 'এটা অস্বাস্থ্যকর এবং ভয়ানক বিষয়বস্তু

---

[3] যেমন আমি।

দ্বারা পরিপূর্ণ, যেমন মৃত্যু, রোগব্যাধী, রক্তপাত, কালাজাদু, অসম্পূর্ণ কিছু চরিত্র, এবং বিভিন্ন ধরনের শারীরিক অসুস্থতা যেগুলো খুবই অস্বস্তিকর। শ্রীমতি ব্লক্স্যাম বিভিন্ন রকমের পুরনো গল্প নিয়ে, যার মধ্যে বীডেলের কিছু অন্য গল্পও রয়েছে, নিজের আদর্শ অনুযায়ী সেগুলোকে পুনর্নির্মাণ করেছিলেন। তার এই নতুন রূপান্তরিত লেখাকে তিনি পেশ করেছেন এই বলে যে 'এটা আমাদের ছোট্ট শিশুদের পবিত্র মন'কে ভালো এবং আনন্দময় চিন্তাভাবনা দিয়ে ভরিয়ে তুলবে, তাদের সুন্দর নিদ্রাকে অপ্রীতিকর স্বপ্ন থেকে মুক্ত রাখবে এবং তাদের ফুলের মতো সরলতাকে রক্ষা করবে'।

শ্রীমতি ব্লক্স্যামের পবিত্র এবং বহুমূল্য পুনর্নিমাণের মধ্যে 'জাদুকর এবং লাফানো পাত্র'র শেষ অনুচ্ছেদটি এইরূপ:

তারপর সেই সোনালি পাত্র তার ছোট্ট ছোট্ট গোলাপি পায়ে আনন্দে উৎফুল্ল হয়ে নাচতে লাগল - হ্যাপিটি হ্যাপিটি হপ! উই উইলিকিন্স সমস্ত গ্রামবাসীদের অসহায় অবস্থা থেকে সারিয়ে তুলেছে, এবং ছোট্ট পাত্র তাতে এত খুশি হয়েছে যে সে উই উইলিকিন্স এবং গ্রামবাসীদের জন্য নিজেকে মন্ডা-মিঠাই দিয়ে ভরিয়ে তুলেছে।

'কিন্তু সবার শেষে দাঁত মাজতে ভুলো না যেন!' পাত্রটা বলল।

তখন উই উইলিকিন্স আনন্দে উৎফুল্ল পাত্রটাকে চুমু খেয়ে জড়িয়ে ধরল, এবং প্রতিজ্ঞা করল সে সব সময় গ্রামবাসীদের সাহায্য করবে আর কক্ষনও তাদের সাথে খিটখিটে বুড়োদের মতো ব্যবহার করবে না।

শ্রীমতি ব্লক্স্যামের গল্পটাও বহু প্রজন্ম ধরে জাদুকরী বাচ্চাদের থেকে একরকম প্রতিক্রিয়া পেয়ে এসেছে : নিয়ন্ত্রণহীন ওয়াক তোলা, এবং তারপর বইটাকে যেন তক্ষুনি তাদের কাছ থেকে সরিয়ে নিয়ে গিয়ে ছিঁড়ে ফেলে দেওয়া হয় সেই দাবী রাখা।

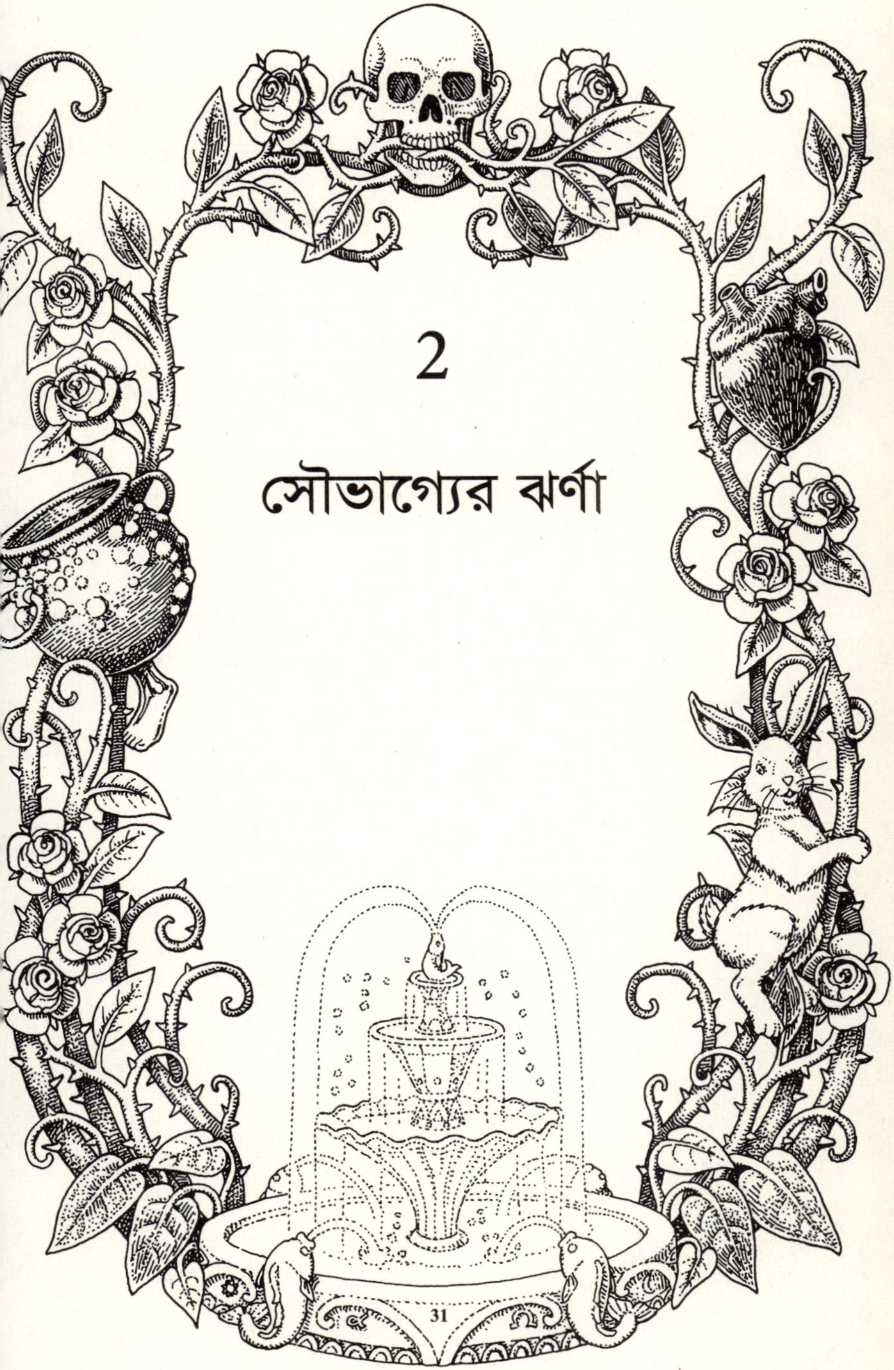

2

সৌভাগ্যের ঝর্ণা

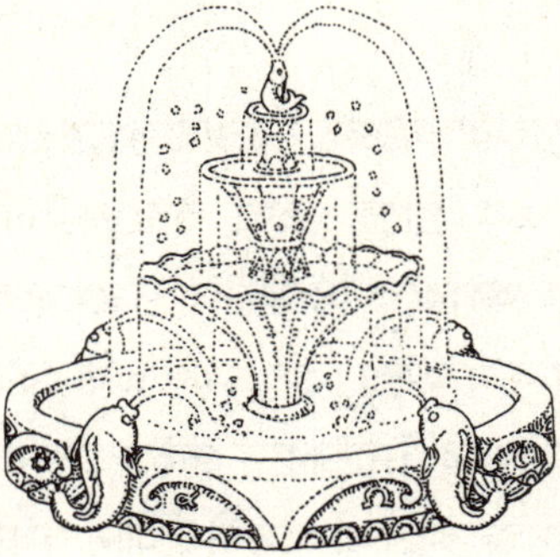

অনেক উঁচু এক পাহাড়ের উপর একসময় এক মনোরম বাগান ছিল, যা চারিদিক থেকে উঁচু দেওয়াল দিয়ে ঘেরা এবং শক্তিশালী জাদু দিয়ে সুরক্ষিত। সেই বাগানে বইতো 'সৌভাগ্যের ঝর্ণা'।

বছরে একবার, সব চেয়ে বড় দিনে, সূর্যোদয় এবং সূর্যাস্তের মাঝে কোনও এক অভাগা ব্যক্তিকে সুযোগ দেওয়া হতো লড়াই করে ঝর্ণা অব্দি পৌঁছনোর, এবং সেই জলে স্নান করে চিরকালীন সৌভাগ্য প্রাপ্ত করার।

সেদিন সারা রাজ্য থেকে শয়ে শয়ে লোক সূর্যোদয়ের আগে বাগানের দেওয়ালের বাইরে এসে ভিড় করতো। পুরুষ-মহিলা, ধনী-গরীব, বাচ্চা-বুড়ো, জাদু জানে বা জানে না যারা সবাই ভোররাতের অন্ধকারে একত্রিত হতো এই আশায় যে এবার হয়তো সে বাগানে ঢোকার সুযোগ পাবে।

তিনজন জাদুকরী নিজের নিজের দুঃখের বোঝা নিয়ে সেই ভিড়ের কোনও এক প্রান্তে দেখা করতো, এবং সূর্যোদয় না হওয়া অব্দি একে অপরকে নিজেদের দুঃখের কথা শোনাতো।

প্রথম জনের নাম আশা। সে এমন এক রোগে আক্রান্ত ছিল যার উপশম কোনও বদ্যির কাছে নেই। সে মনে করতো সেই ঝর্ণা তাকে রোগমুক্ত করে এক সুদীর্ঘ আনন্দময় জীবন উপহার দেবে।

দ্বিতীয় জনের নাম অ্যালথীডা। তার ঘরবাড়ি, সোনাদানা, জাদুর ছড়ি সমস্ত কিছু এক দুষ্ট জাদুকর চুরি করে নিয়েছে। সে আশা রাখে যে সেই ঝর্ণা তার দুর্বলতা এবং দারিদ্র থেকে তাকে মুক্তি দেবে।

তৃতীয় জনের নাম অ্যামাটা। তাকে তার প্রেমিক ছেড়ে চলে গেছে, এবং সে বিশ্বাস করতো সেই ঝর্ণা ছাড়া আর কেউ তার দুঃখ এবং বিরহ বেদনা থেকে তাকে মুক্ত করতে পারবে না।

একে অপরের দুঃখে কাতর হয়ে তিনজনে ঠিক করল যে সুযোগ পেলে তারা তিনজনে একসাথে সেই ঝর্ণার কাছে পৌঁছনোর চেষ্টা করবে।

আকাশের বুকে প্রথম সূর্যরশ্মি পড়ার সাথে সাথে দেওয়ালের এক কোনায় একটা ছোট ছিদ্র দেখা গেল, আর ওমনি সকলে চিৎকার করে ঝর্ণার আশীর্বাদী জলের উপর

নিজের অধিকার জাহির করতে করতে তার দিকে এগিয়ে গেল। দেওয়ালের ওপারের বাগান থেকে সাপের মতো কিছু লতানো ডাল এসে ভিড় ঠেলে আশাকে জড়িয়ে নিল। সে তখন অ্যালথীডার হাত ধরল, যে আবার অ্যামাটার কাপড় শক্ত করে চেপে ধরল।

অন্যদিকে একটা হাড়-জিরজিরে ঘোড়ায় চড়া এক বিষণ্ণ দর্শন সৈনিকের বর্মের সাথে আটকে গিয়েছিল অ্যামাটা।

লতাগুলো তিনজন জাদুকরীকে দেওয়ালের সেই ছিদ্রের মধ্যে দিয়ে টেনে নিয়ে গেল, এবং তাদের সাথে সেই সৈনিককেও তার ঘোড়া থেকে ফেলে তাদের পিছন পিছন হিঁচড়ে টেনে নিয়ে চলল।

ভোরের বাতাস হতাশ জনগণের তীব্র চিৎকারে ভরে

উঠল, তারপর আবার সেই বাগানের দেওয়াল বন্ধ হওয়ার সাথে সাথে চিৎকার থেমে গেল।

এক সৈনিককে ভুলবশত সঙ্গে নিয়ে আশার জন্য অ্যামাটার উপর আশা এবং অ্যালথীডার একটু রাগ হল।

'কিন্তু ঝর্ণায় তো কেবল একজনই স্নান করতে পারবে! অন্যদের বাদ দিয়ে আমাদের মধ্যে সেই একজন কে হবে সেটা ঠিক করা কঠিন হয়ে দাঁড়াবে!'

তখন স্যার লাকলেস্ নামক সেই সৈনিক দেখল এরা তিনজনই জাদুকরী, এবং যেহেতু তার নিজের কোনও জাদু-শক্তি, বা তলোয়ার যুদ্ধে দক্ষতা, অথবা এমন কোনও ক্ষমতা নেই যা তাকে অজাদুকরী মানুষদের থেকে আলাদা করতে পারে, সেহেতু এই তিন নারীকে পরাস্ত করে সেই ঝর্ণা অব্দি পৌঁছনো তার পক্ষে সম্ভবপর নয়। তখন সে

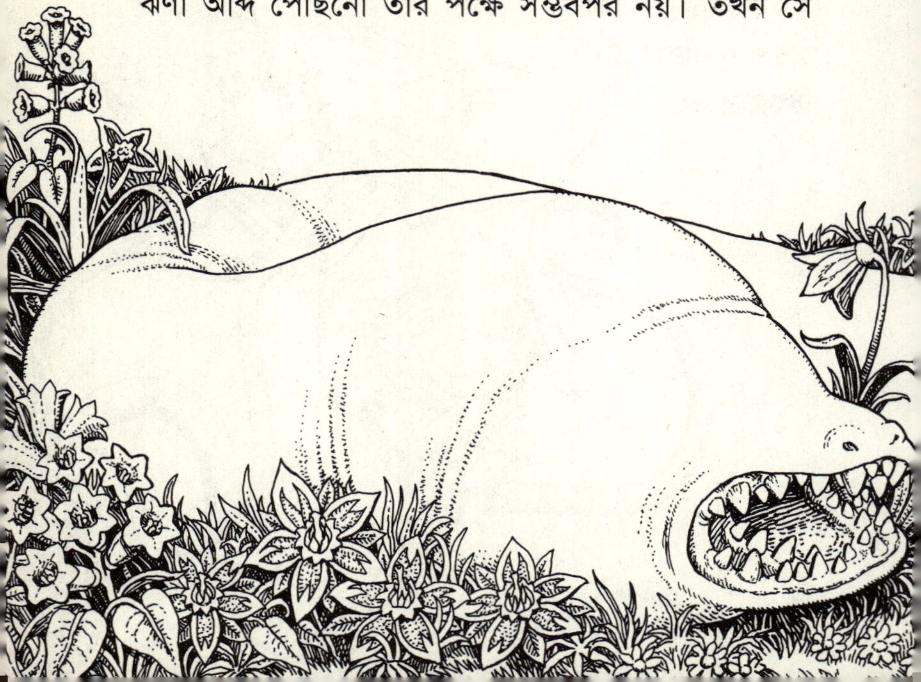

বলল সে আবার দেওয়ালের বাইরে বেরিয়ে যাবে।

এই শুনে অ্যামাটা হঠাৎ রেগে উঠল।

সে তাকে বকা দিয়ে বলল ‘ভীতু কোথাকার! তোমার তলোয়ার বের করে আমাদের লক্ষ্যে পৌঁছতে সাহায্য করো!’

তারপর সেই তিন জাদুকরী এবং অসহায় সৈনিক সেই মনোরম বাগানের ভেতর প্রবেশ করল যেখানে সূর্যালোকিত পথের দু’ধারে গাছপালা, ফল, ফুল দিয়ে পরিপূর্ণ। যেই পাহাড়ের উপর ঝর্ণা আছে, তার পদতলে পৌঁছানোর আগে পর্যন্ত তাদের কোনোরকম বাধা-বিপত্তির সম্মুখীন হতে হয়নি।

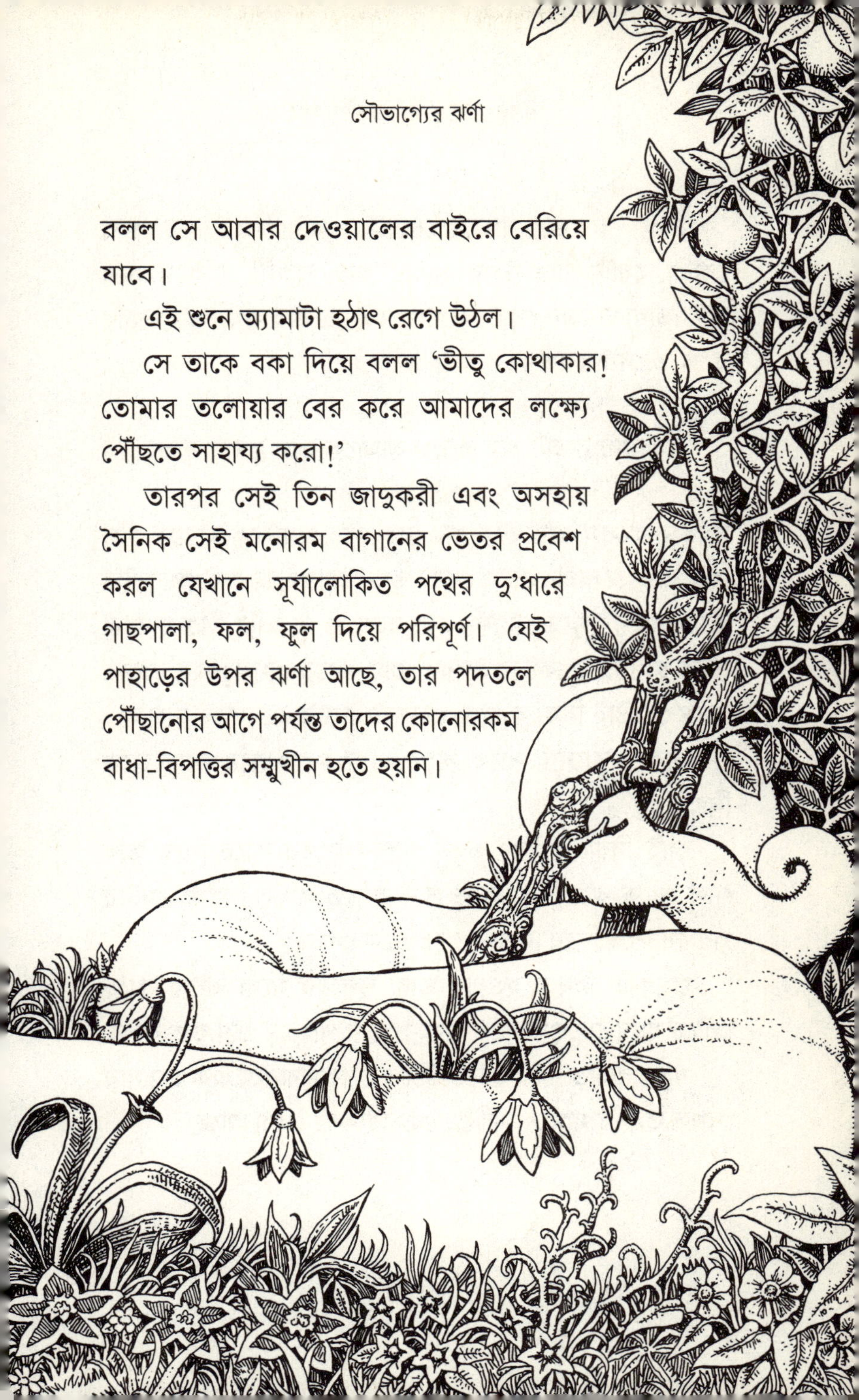

কিন্তু পাহাড়ের সামনে যেতেই একটা বিরাট বড় সাদা পোকা, মোটা তার উপর আবার অন্ধ, কুণ্ডলী পাকিয়ে শুয়ে ছিল।তারা চারজন সেখানে পৌঁছতেই সে তার কুৎসিত মুখখানি তুলে তাদের বলল :

'তোমরা কতটা কষ্ট করেছ আমাকে তার প্রমাণ দাও'।

স্যার লাকলেস্ তার তলোয়ার বের করে জন্তুটাকে মারতে গেল কিন্তু তার তলোয়ার ভেঙ্গে গেল। তখন অ্যালথীডা সেই পোকাটার দিকে পাথর ছুড়তে লাগল, এবং আশা ও অ্যামাটা তাদের জানা সমস্ত জাদুমন্ত্র পোকাটার উপর প্রয়োগ করতে লাগল। কিন্তু তাদের সমস্ত প্রচেষ্টাই বিফলে গেল; পোকাটা ওদের এগোতেই দিল না।

বেলা গড়ানোর সাথে সাথে আশা হতাশ হয়ে কান্না জুড়ে দিল।

সেই বিরাট পোকা তখন আশার মুখের কাছে গিয়ে তার গাল থেকে ঝরে পড়া অশ্রু পান করতে লাগল। তৃষ্ণা মেটার পর সে সরে গিয়ে নিজের গর্তে ঢুকে গেল।

পোকাটা বিদায় হওয়ায় তারা দুপুরের মধ্যে ঝর্ণার কাছে পৌঁছে যাবে ভেবে আনন্দে উৎফুল্ল হয়ে পাহাড়ে ওঠা শুরু করল।

খাড়া পাহাড় বেয়ে উঠতে উঠতে হঠাৎ মাঝপথে এক জায়গায় দেখল তাদের সামনে মাটিতে খোদাই করে লেখা আছে:

'তোমরা পরিশ্রম করে যা যা উপার্জন করেছ
সব আমাকে দিয়ে দাও'।

স্যার লাকলেস্ তার একমাত্র পয়সাটা বের করে পাহাড়ের তৃণভূমিতে রাখল, কিন্তু সেটা ক্রমশ গড়াতে গড়াতে হারিয়ে গেল।তারপর চারজনে আবার পাহাড় চড়তে লাগল, কিন্তু দেখল যদিও তারা ঘন্টার পর ঘন্টা হেঁটে চলেছে, তবুও কিছুতেই এগোতে পারছে না; পাহাড়ের চূড়া কিছুতেই দেখা যাচ্ছে না এবং মাটিতে সেই লেখা তখনও তাদের সামনে বিদ্যমান।

সূর্য মাথার উপর উঠে সবাইকে হতাশ করে এবার ক্রমশ অস্ত যাচ্ছে, ওদিকে অ্যালথীডা বাকিদের থেকে তাড়াতাড়ি এবং জোরে হাঁটছে এবং সকলকে তার পেছন পেছন তাড়াতাড়ি আসার জন্য উৎসাহ জোগাচ্ছে, কিন্তু সেই মায়াবী পাহাড়ে উঠতে আর সে পারছে না।

কপালের ঘাম মুছে সে বাকিদের বলছে, 'সাহস রাখো, হেরে যেও না!'

ঘামের বিন্দু মাটিতে পড়তেই সেই লেখা, যা তাদের পথ আটকে রেখেছিল, উধাও হয়ে গেল, এবং তারা আবার সফল ভাবে উপরে উঠতে লাগল।

এই দ্বিতীয় বাঁধাটা পেরিয়ে তারা সকলে খুব তাড়াতাড়ি পাহাড়ের চূড়ার দিকে এগিয়ে অবশেষে সেই ঝর্ণা দেখতে পেল, লতাপাতা এবং ফুলের আড়ালে স্ফটিকের মতো চক্ চক্ করছে।

কিন্তু ঝর্ণা অব্দি পৌঁছনোর আগে তারা দেখল একটা ছোট নদী সেই পাহাড়ের চুড়া ঘিরে বইছে। ঝর্ণার কাছে যাওয়ার জন্য তাদের সেই নদী পেরিয়ে যেতে হবে। তারা দেখতে পেল পরিষ্কার জলের তলায় একটা মসৃণ পাথরে লেখা আছে:

'তোমার সমস্ত পুরাতণী সম্পদ আমাকে দান করো'।

স্যার লাকলেস্ তার ঢালের উপর চেপে জলে ভেসে নদী পার হওয়ার চেষ্টা করলেন, কিন্তু পারলেন না - ডুবে গেলেন। তিন জাদুকরী তাকে জল থেকে টেনে তুলল, তারপর নিজেরা লাফিয়ে সেই জলধারা ডিঙ্গিয়ে ওপারে যাওয়ার চেষ্টা করল,

কিন্তু সেই নদী তাদের পার হতে দিল না। এদিকে সূর্য ক্রমশ পশ্চিম আকাশে ঢলে পড়ছে।

তখন তারা সেই পাথরে লেখা কথার অর্থ বিবেচনা করতে করতে, অ্যামাটা প্রথম সেই অর্থ বুঝতে পারল। তার জাদু-ছড়ির সাহায্যে অতীতে তার পলাতক প্রেমিকের সাথে কাটানো সুখের স্মৃতিগুলি সে তার মন থেকে মুছে ফেলে জলের স্রোতে ভাসিয়ে দিল। জলধারায় স্মৃতি ভেসে গিয়ে কিছু বড় পাথর দেখা দিল, যার সাহায্যে চারজনে নদী পার করে অবশেষে পাহাড়ের চূড়ায় পৌঁছল।

অপরূপ সুন্দর এবং অত্যন্ত দুর্লভ প্রজাতির কিছু গাছপালা ও ফুলের মাঝে ঝর্ণার জল ঝিলমিল করছিল। পড়ন্ত সূর্যের আভায় আকাশ জুড়ে লালচে রঙ ধরেছে, এবং সময় এসেছে ঠিক করার কে সেই ঝর্ণার জলে স্নান করবে।

কিন্তু সেই সিদ্ধান্ত নেওয়ার আগেই আশা, যে বাকিদের থেকে একটু দুর্বল, অজ্ঞান হয়ে মাটিতে লুটিয়ে পড়ল। চূড়ায় পৌঁছনোর ধকল সহ্য করতে না পারায় তার মুহ্যমান অবস্থা।

তার বন্ধুরা যখন তাকে ঝর্ণা অব্দি বয়ে নিয়ে যেতে চাইল, তখন সে দুঃখে কাতর হয়ে সবিনয়ে তাদের কাছে প্রার্থনা করল তারা যেন ওকে স্পর্শ না করে।

তখন অ্যালথীডা তাড়াতাড়ি কিছু উপযুক্ত লতাপাতা নিয়ে একটা জড়িবুটি বানিয়ে সেটাকে স্যার লাকলেসের খাবার জলের থলিতে মিশিয়ে আশা'কে খাওয়াতেই সে সুস্থ হয়ে উঠল। তার সমস্ত ব্যাথা উধাও হয়ে গেল।

'আমি সুস্থ হয়ে উঠেছি!' আশা বলল, 'আমার আর ঐ ঝর্ণার প্রয়োজন নেই - বরং অ্যালথীডা ওতে স্নান করুক!'

কিন্তু অ্যালথীডা তখন কাপড়ে করে আরও ভেষজ উপাদান কুড়াতে ব্যস্ত।

সে বলল 'আমি যদি এই রোগ সারাতে পারি, তাহলে আমি এমনিতেই প্রচুর ধন-সম্পদ অর্জন করতে পারব! তার চেয়ে বরং অ্যামাটা ঐ ঝর্ণায় স্নান করুক!'

স্যার লাকলেস্ তখন ঝুঁকে পরে অ্যামাটাকে ঝর্ণার দিকে যেতে ইশারা করায় সে মাথা নেড়ে না করে দিল। কিছুক্ষণ আগেই সেই নদীর জলে তার প্রাক্তন প্রেমিকের জন্য উপলব্ধি হওয়া তার সমস্ত দুঃখ ধুয়ে গেছে। বরং সে ভেবে দেখল তার প্রেমিক নির্মম এবং বিশ্বাসঘাতক হয়ে উঠেছিল, সুতরাং সে গেছে ভালোই হয়েছে।

সে তখন স্যার লাকলেস্'কে বলল, 'আপনার বীরত্বের পুরস্কার হিসেবে আপনিই বরং ঝর্ণায় স্নান করুন!'

তখন সেই সৈনিক বর্মের ঝন্ ঝন্ আওয়াজ করতে করতে এগিয়ে গিয়ে, দিনের শেষ আলোয় সৌভাগ্যময় ঝর্ণার জলে

স্নান করল। শয়ে শয়ে লোকের মধ্যে যে তাকেই সেই সুযোগ দেওয়া হয়েছে, এই অপ্রত্যাশিত ভাগ্যের ফেরে সে হতবাক।

সূর্যাস্তের সাথে সাথে স্যার লাকলেস্ বীরবিক্রমে জল থেকে বর্মবেষ্টিত দেহে উঠে এসে ঝুঁকে বসল অ্যামাটার সামনে, যে আজ পর্যন্ত তার চোখে দেখা সবচেয়ে সুন্দর এবং সহৃদয় নারী। স্বতেজতায় পূর্ণ স্যার লাকলেস্ তাকে প্রেম নিবেদন করায় অ্যামাটাও যার পর নাই উৎফুল্ল মেজাজে উপলব্ধি করল সে অবশেষে এক যোগ্য পুরুষকে খুঁজে পেয়েছে।

তারপর চারজনে একসাথে হাতে হাত রেখে পাহাড় থেকে নেমে এল এবং সুখে জীবন যাপন করতে লাগল। ওদের মধ্যে কেউ কোনোদিন জানতে পারেনি বা এই ব্যাপারে সন্দেহও করেনি যে সেই ঝর্ণার জলে আদৌ কোনও জাদু ছিল না।

‘সৌভাগ্যের ঝর্ণা'র ব্যাপারে অ্যাল্বাস ডাম্বেলডোরের মন্তব্য

‘সৌভাগ্যের ঝর্ণা’ বহু বছর ধরে সকলের প্রিয় একটা গল্প, এতটাই প্রিয় যে একবার হগওয়ার্টসের উৎসব উদযাপনে বড়দিন উপলক্ষে এই গল্পের উপর ভিত্তি করে একটা বিশেষ পুতুলনাচের আয়োজন করা হয়েছিল।

আমদের তৎকালীন ঔষধি বিশেষজ্ঞ অধ্যাপক প্রোফেসর হারবার্ট বীরি[1], নাট্যশিল্পের এক বিশেষ অনুরাগী, বড়দিনের উৎসব উপলক্ষে একবার ছাত্র, শিক্ষক, এবং অন্যান্য সকল কর্মচারীবৃন্দের বিনোদনের উদ্দেশ্যে এই প্রিয় গল্পের নাট্য-উপস্থাপনার প্রস্তাব রেখেছিলেন। আমি তখন রুপান্তরণের এক তরুণ শিক্ষক। হারবার্ট আমায় এক বিশেষ দায়িত্ব দিয়েছিলেন, একটা পূর্ণমাত্রায়

---

[1] প্রোফেসর বীরি ভবিষ্যতে হগওয়ার্টস্ ছেড়ে ডব্লু.এ.ডি.এ. (উইজার্ডিং একাডেমী অফ ড্রামাটিক আর্টস)-এ শিক্ষকতা করতে গিয়ে আমাকে বলেছিলেন যে এই গল্পের অবলম্বনে কোনোরকম অভিনয় বা অনুষ্ঠান তার বিশেষ অপছন্দ, কারণ তিনি তা অশুভ বলে মনে করতেন।

কার্যকরী 'সৌভাগ্যের ঝর্ণা' তৈরি করার, এবং সঙ্গে একটা ছোট পাহাড়ি তৃণভূমি যার উপর আমাদের নায়ক এবং নায়িকারা হেঁটে যাবেন এবং সেই সময় সেটা ক্রমশ নিচু হতে হতে আস্তে আস্তে মিলিয়ে যাবে।

আমি হয়তো কোনোরকম অহংকার ছাড়াই বলতে পারি যে আমার তৈরি করা সেই ঝর্ণা এবং পাহাড় খুব সুন্দর ভাবেই নিজেদের দায়িত্ব পালন করেছিল। কিন্তু দুর্ভাগ্যবশত বাকি অভিনেতাদের সম্বন্ধে একথা বলা চলে না। এক মুহূর্তের জন্য সেই বিরাট বড় পোকাটা, যাকে জাদুকরী প্রাণীদের দেখাশোনা করতে শেখানোর অধ্যাপক প্রোফেসর সিলভানুস কেটেলবার্ন তৈরি করেছিলেন, সেটাকে বাদ দিলে, দেখা যাবে বাদবাকি সবরকম মনুষ্য বৈশিষ্ট সেই উপস্থাপনার জন্য সর্বনাশা প্রমাণিত হয়েছিল। প্রোফেসর বীরি পরিচালকের ভূমিকায় এতই ব্যস্ত ছিলেন যে তার নাকের তলা দিয়ে যে আবেগের টানাপড়েন চলছিল, সে ব্যাপারে তিনি সম্পূর্ণ অজ্ঞাত ছিলেন। তিনি জানতেনই না যে অ্যামাটা এবং স্যার লাকলেসের ভূমিকায় যেই ছেলে-মেয়ে দুটি অভিনয় করছিল, তারা বাস্তবে প্রেমিক-প্রেমিকা। তিনি এই তথ্য জানতে পারেন নাটকের পর্দা ওঠার ঠিক এক ঘণ্টা আগে, যখন স্যার লাকলেস্ হঠাৎ আশা'র প্রতি তার ভালোবাসা ব্যক্ত করেন।

বলাই বাহুল্য আমাদের নাটকের সৌভাগ্য-সন্ধানীরা আর পাহাড়ের চূড়া অব্দি পৌঁছতে পারেনি। পর্দা উঠতে না উঠতেই প্রোফেসর কেটেলবার্নের তৈরি করা পোকা হঠাৎ একটা

অ্যাশওয়াইন্ডারে[2] পরিণত হয় যার উপর গিলে খাওয়ার মন্ত্র প্রয়োগ করা। সেটা হঠাৎ স্ফুলিঙ্গ এবং ধুলো মেশানো এক ঝর্ণার মতো ফেটে পড়ল, মঞ্চসজ্জার জিনিসপত্রের টুকরো বিরাট প্রেক্ষাগৃহের চারিদিকে ছড়িয়ে পড়ল এবং গোটা প্রেক্ষাগৃহ ধোঁয়ায় ভরে উঠল। তারপর একদিকে যখন আমার বানানো পাহাড়ের পদতলে সেই পোকাটার পেড়ে রাখা বিরাট জ্বলন্ত ডিমগুলো কাঠের পাটাতনে আগুন ধরিয়ে দিয়েছে, তখন অন্যদিকে অ্যামাটা এবং আশা হঠাৎ একে অপরের উপর ক্ষেপে গিয়ে ভয়ানক মারপিট আরম্ভ করে দিল। অসহায় প্রোফেসর বীরি গণ্ডগোলের মধ্যে আটকে পড়েছিলেন। অবশেষে কর্মচারীদেরকে দায়িত্ব নিয়ে প্রেক্ষাগৃহ খালি করতে কারণ মঞ্চের উপর আগুন এত ভয়ানক হয়ে উঠেছিল যে মনে হচ্ছিল পুরো জায়গাটাকে ভস্ম করে দেবে। হাসপাতালের একটা গোটা দিক ভর্তি রুগী নিয়ে সেই রাতের মতো মনোরঞ্জন শেষ হল। কিন্তু তারপর বহু মাস লেগেছে সেই প্রেক্ষাগৃহের পচা, পোড়া গন্ধ সম্পূর্ণ ভাবে নির্মূল করতে, এবং আরো বেশি সময় লেগেছে প্রোফেসর বীরির মাথা পুরোপুরি ঠিক হতে। প্রোফেসর

---

[2] এই অদ্ভুত জন্তুর ব্যাপারে বিশদে জানতে হলে *কাল্পনিক জীব এবং তাদের কোথায় পাওয়া যেতে পারে* নামক গল্পে চোখ রাখুন। বলে রাখা ভালো যে এই জন্তুটাকে কক্ষনও কোনও কাঠের ঘরে নিজের মতো ছেড়ে দেওয়া উচিত নয়, এবং এর উপর গিলে খাওয়ার জাদু-মন্ত্র তো কখনোই প্রয়োগ করা উচিত নয়।

কেটেলবার্নকে শিক্ষকতা থেকে কিছুদিনের জন্য বরখাস্ত[3] করা হল। প্রধান-শিক্ষক আর্মান্ডো ডিপেট এর পর থেকে নাটক বা পুতুলনাচ-জাতীয় সবরকম বিনোদনের উপর কঠোর নিষেধাজ্ঞা জারি করলেন, যেই রীতি হগওয়ার্টসে আজও মেনে চলা হয়।

আমাদের নাটকীয় ব্যর্থতা উপেক্ষা করলে বলা যেতে পারে ‘সৌভাগ্যের ঝর্ণা’ সম্ভবত বীডেলের গল্পগুলোর মধ্যে সবচেয়ে বিখ্যাত, যদিও ‘জাদুকর এবং লাফানো পাত্র’র মতো এই গল্পেরও নিন্দুকের অভাব নেই। একাধিক অভিভাবক এই গল্পকে ‘হগওয়ার্টসের গ্রন্থাগার’ থেকে সরিয়ে দেওয়ার দাবী জানিয়েছেন, যার মধ্যে একজন ব্যক্তি কাকতালীয় ভাবে ব্রুটাস ম্যালফয়ের বংশধর এবং ‘হগওয়ার্টস্ বোর্ড অফ গভর্নরস্’-এর এক-কালীন সদস্য শ্রীমান লুশিয়াস ম্যালফয়। শ্রীমান ম্যালফয় লিখিত ভাবে এই গল্পের উপর নিষেধাজ্ঞার দাবী জানিয়েছেন:

> *এমন কোনও কল্পকাহিনী বা তথ্যভিত্তিক সাহিত্য যার ভেতর জাদুকর এবং মাগলদের মধ্যে মিলন অথবা রক্তের সম্পর্ক বর্ণিত করা হয়েছে, তা হগওয়ার্টসের বইয়ের তাক থেকে বর্জন করা উচিত। জাদুকর এবং মাগলদের মধ্যে বিবাহের সম্পর্ককে যেখানে গুরুত্ব দেওয়া হয়, আমি চাই না*

---

[3] প্রোফেসর কেটেলবার্ন জাদুকরী প্রাণীদের দেখাশোনার অধ্যাপক হিসেবে তার কর্মজীবনে বাষট্টি বার বরখাস্ত হয়েছেন। হগওয়ার্টসে আমার অগ্রজ প্রোফেসর ডিপেটের সঙ্গে তার সম্পর্ক বিশেষ ভালো ছিল না, কারণ প্রোফেসর ডিপেট ওঁকে খুব বেপরোয়া ভাবতেন। কিন্তু যতদিনে আমি প্রধান-শিক্ষক হলাম, ততদিনে প্রোফেসর কেটেলবার্ন যথেষ্ট ধীর স্থির হয়ে উঠেছিলেন, যদিও বহু বিদ্রুপকারী লোকজন বলতো যে মাত্র দেড়গুণ অঙ্গপ্রত্যঙ্গ বাকি থাকার ফলে, না চাইতেও তাকে বাকি জীবনটা খুবই শান্ত হয়ে কাটাতে হচ্ছে।

আমার পুত্র সেই ধরনের গল্প পড়ে নিজের বংশ-পরম্পরাকে কলুষিত করার মতো প্রভাব পাক।

বইটাকে গ্রন্থাগার থেকে সরানোর বিরোধিতায় 'বোর্ড অফ গভর্নরস্'-এর অনেকেই আমায় সাহায্য করেছিলেন। আমি শ্রীমান ম্যালফয়কে আমার সিদ্ধান্ত ব্যাখ্যা করে লিখে পাঠালাম:

তথাকথিত অকৃত্রিম পরিবারেরা তাদের তথাকথিত বিশুদ্ধতা বজায় রাখতে নিজেদের পরিবারের মাগল অথবা মাগল-জন্মা ব্যাক্তিদের হয় তাড়িয়ে দেয়, নয়তো তাদের অস্তিত্ব আড়াল করে রাখে বা অস্বীকার করে। তারপর তারা তাদের সেই কপটতার দায় আমাদের বাকিদের উপর চাপিয়ে দিয়ে সেই সকল কাজ বন্ধ করতে বলে, যেগুলো তাদের সেই অস্বীকার করা সত্য কথা তুলে ধরে। আজ পর্যন্ত এমন কোনও জাদুকর বা জাদুকরী জন্মায়নি যার কোনও মাগলের সাথে কোনোরকম রক্তের সম্পর্ক নেই, সুতরাং সেই সমস্ত জিনিস আমাদের ছাত্রদের জ্ঞানভাণ্ডার থেকে সরিয়ে নেওয়া অযৌক্তিক এবং অন্যায্য।[4]

এই চিঠি চালাচালির ফলস্বরূপ শুরু হয় আমাকে হগওয়ার্টসের প্রধান-শিক্ষকের পদ থেকে সরানোর জন্য শ্রীমান ম্যালফয়ের, এবং ওনাকে লর্ড ভোল্ডেমর্টের প্রিয় মৃত্যু ভোক্তার পদ থেকে সরানোর জন্য আমার লম্বা অভিযান।

---

[4] আমার এই উত্তরের প্রত্যুত্তর হিসেবে শ্রীমান ম্যালফয় অনেকগুলো চিঠি লিখেছিলেন, কিন্তু যেহেতু সেগুলো মূলত আমার মানসিকতা, বংশমর্যাদা, এবং স্বাস্থ্যবিধি নিয়ে অপমানজনক উক্তি, সেহেতু এই মন্তব্যে তার প্রাসঙ্গিকতা অতি ক্ষীণ।

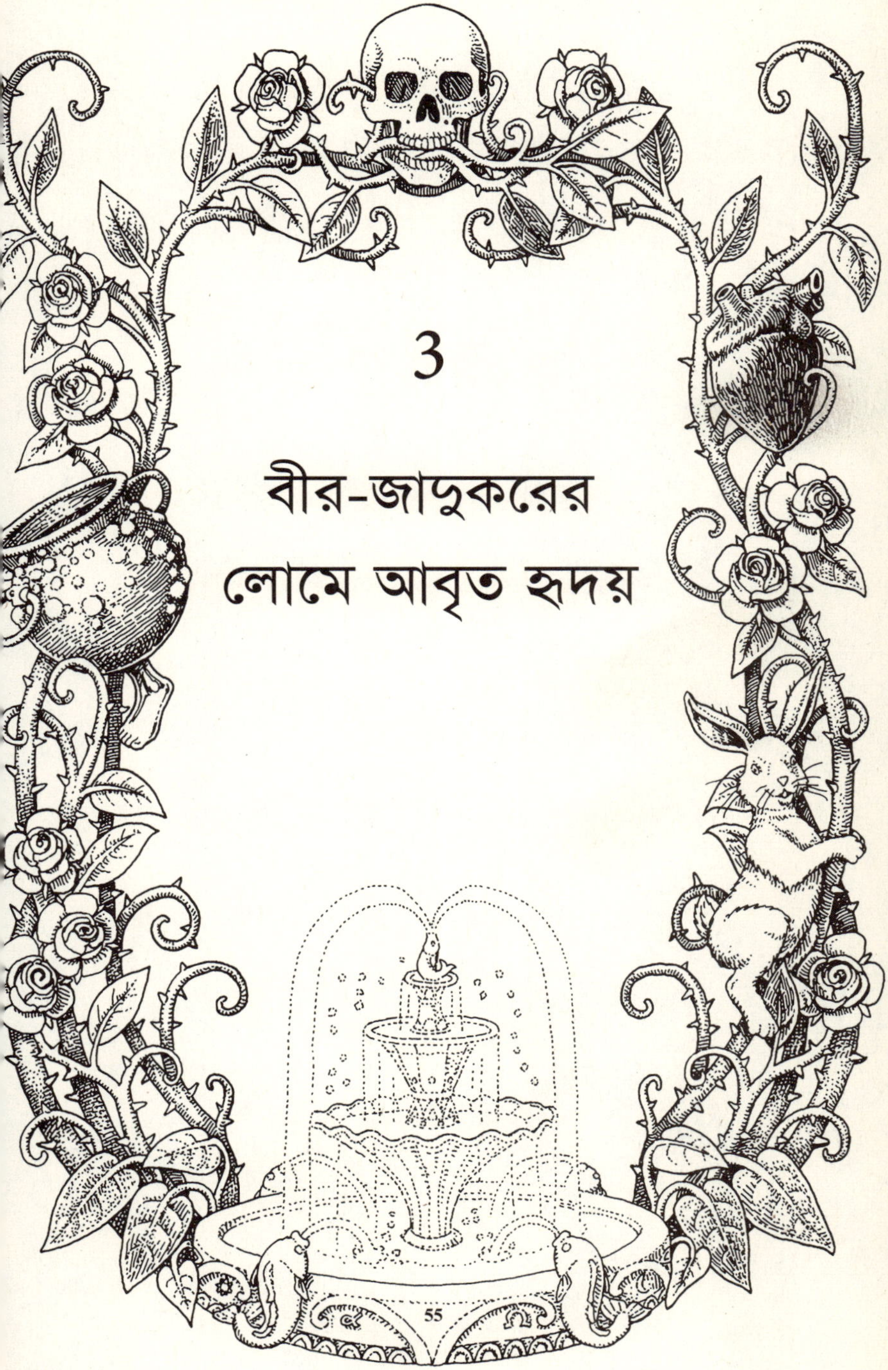

3

বীর-জাদুকরের লোমে আবৃত হৃদয়

একবার এক রূপবান, ধনী, এবং প্রতিভাশালী তরুণ বীর-জাদুকর (ওয়ার্লক) ছিল যে লক্ষ্য করে দেখেছে তার বন্ধুরা প্রেমে পড়া মাত্রই কেমন নির্বোধ হয়ে পড়তো, খাওয়া-দাওয়া, আত্মসম্মানবোধ সব ভুলে, সারাক্ষণ পরিপাটি করে সেজে উন্মাদের মতো ঘুরে বেড়াতো। সে প্রতিজ্ঞা করল সে কোনোদিন এরকম দুর্বলতার শিকার হবে না, এবং কালাজাদুর মাধ্যমে এর থেকে নিজের নিরাপত্তা নিশ্চিত করল।

তার পরিবারের লোকেরা তার রহস্যের ব্যাপারে না জানার ফলে তার একাকিত্য এবং অনাসক্ত ভাব দেখে হাসাহাসি করতো। তারা ভবিষ্যদ্বাণী করে বলতো, 'যেদিন ওর মনের কোনে কোনও মেয়ের প্রতি ভালোবাসা জাগবে, সেদিন সব ঠিক হয়ে যাবে!' কিন্তু সেই তরুণ বীর-জাদুকরের মনে জায়গা করে নিতে সবাই অক্ষম। যদিও বহু যুবতী তার অহংকারী

ভাবভঙ্গিতে বিহ্বল হয়ে তাদের সূক্ষ্মতম চাতুরতার মাধ্যমে তাকে বশে আনতে চেষ্টা করেছিল, কিন্তু কেউই তার হৃদয় স্পর্শ করতে পারেনি। বীর-জাদুকর নিজের নিঃস্পৃহ ভাব এবং পাণ্ডিত্যের গুণে সদা গর্বিত।

যৌবনের প্রথম নবীনতা পার করে তার বন্ধুরা একে একে বিয়ে করল, তাদের বাচ্চা হল।

ওর আশেপাশে তরুণ বাপ-মায়ের কার্যকলাপ দেখে, ও অবজ্ঞা করে বলতো, 'কচি কচি ছানাপোনার কিচিরমিচির আর বায়নাক্কায় বেচারারা কেমন কুঁকড়ে গেছে, ওদের হৃদয়গুলো নিশ্চয়ই ভুষি হয়ে গেছে!'

এই ভেবে সে নিজের প্রাথমিক সিদ্ধান্তে বুদ্ধিমত্তার জন্য নিজেকে অভিনন্দন জানাতো।

তারপর একে একে বীর-জাদুকরের বাবা-মা মারা গেলেন। তাদের ছেলে সে বিষয়ে বিশেষ দুঃখ প্রকাশ করল না; বরং বাপ-মায়ের মৃত্যুতে সে নিজেকে সৌভাগ্যবান ভাবতে আরম্ভ করল। এবার তাদের প্রাসাদে সে একাই রাজত্ব করতে লাগল। তার সবচেয়ে মূল্যবান সম্পদ প্রাসাদের গভীরতম কক্ষে রেখে সে আরামের এবং প্রাচুর্যের এক জীবন যাপন করতে লাগল, তার চাকরদের একমাত্র উদ্দেশ্য ছিল তার সেবাশুশ্রূষা এবং আরাম।

বীর-জাদুকর নিশ্চিত যে তার চমৎকার নির্ঝঞ্ঝাট একাকীত্বের জন্য সবাই হয়তো তাকে হিংসা করে। সম্ভবত

সেই কারণেই একদিন তার দুজন চাকরকে তার ব্যাপারে কথা বলতে শুনে সে ভয়ানক রেগে গেল।

প্রথম চাকররের বীর-জাদুকরের জন্য দয়া হতো, কারণ এত ধনসম্পদ এবং ক্ষমতা থাকা সত্ত্যেও তার তার কোনও প্রিয়জন ছিল না।

কিন্তু তার সঙ্গী ব্যাঙ্গ করে বলছিল এত সোনাদানা এবং রাজপ্রাসাদের মতো বাড়ি থাকা একজন লোক কোনও মহিলাকে স্ত্রীরূপে আকৃষ্ট করতে পারল না।

আড়ি পেতে একথা শোনায় বীর-জাদুকরের ভীষণ আঁতে ঘা লাগল।

সে সাথে সাথে বিবাহ করার সিদ্ধান্ত নিল এবং প্রতিজ্ঞা করল তার স্ত্রী বাকি সবার থেকে বেশি ক্ষমতাবান হবে। সে অসাধারণ সৌন্দর্যের অধিকারী হবে, এবং তার দিকে তাকানো সকল পুরুষের মনে হিংসা এবং কামনা বাসনা জেগে উঠবে। জাদুকরী বংশ

থেকে সে উঠে আসবে, যাতে তাদের সন্তানেরা বংশানুক্রমে অসাধারণ জাদু ক্ষমতার উত্তরাধিকারী হয়; এবং সেই মেয়েটি যেন অন্তত তার সমান সম্পত্তির অধিকারী হয়, যাতে পরিবারে ধনসম্পদ বৃদ্ধির পাশাপাশি বীর-জাদুকরের আরামের জীবনযাপনে কোনোরকম ব্যাঘাত না ঘটে।

এহেন নারী খুঁজে বের করতে তার পঞ্চাশ বছর লেগে যেতে পারতো, কিন্তু হল এমন যে এই সিদ্ধান্ত নেওয়ার ঠিক পরের দিন ওরকম এক যুবতী তার আত্মীয়বর্গের সাথে দেখা করতে সে'পাড়ায় এল।

সে একজন অত্যন্ত দক্ষ এবং ধনবান জাদুকরী ছিল। তার সৌন্দর্য তার দিকে তাকানো সকল পুরুষের হৃদয় আকৃষ্ট করতো; মানে একজন বাদে বাকি সকল পুরুষের। কিন্তু বীর-জাদুকরের হৃদয় সেরকম কিছুই অনুভব করতো না। কিন্তু সেই নারী এমন এক পুরস্কার যা যে করেই হোক তার চাই, তাই সে তার সঙ্গে আলাপচারিতা করতে লাগল। বীর-জাদুকরের এহেন আচরণে সকলে অবাক, তারা যুবতীকে বলল সে এমন একটা কাজে সফল হয়েছে যা পূর্বে একশোজন নারীর দ্বারাও সম্ভব হয়নি।

সেই যুবতী বীর-জাদুকরের সৌজন্য পেয়ে একই সঙ্গে বিমুগ্ধ এবং নিরস্ত। সে তার আন্তরিকতা এবং তোষামোদের আড়ালে লুকিয়ে থাকা অনাসক্তি অনুভব করতে পেরে বুঝেছিল যে এত অদ্ভুত এবং বিচ্ছিন্ন ভাব সে আগে কারুর মধ্যে দেখেনি। কিন্তু তার আত্মীয়রা এই জুটিকে সবচেয়ে মানানসই বলে মনে করল, এবং সেটাকে এগিয়ে নিয়ে যাওয়ার আশায় যুবতীর উদ্দেশ্যে রাখা বীর-জাদুকরের ভোজনোৎসবের আমন্ত্রণ গ্রহণ করল।

সোনালী এবং রুপোলী পাত্রে অতি উত্তম দ্রাক্ষারস এবং সুস্বাদু খাবার দিয়ে টেবিল সাজানো হল। গায়কদল রেশমী-তারওয়ালা বাদ্যযন্ত্র বাজিয়ে এমন এক প্রেমের গান গাইতে লাগল যা তাদের কর্তা আগে কখনও শোনেনি। বীর-জাদুকরের পাশে একটা সিংহাসনে বসা সেই যুবতীকে সে মৃদু গলায় অত্যন্ত কোমল কথাবার্তা শোনাতে লাগল যা বিভিন্ন কবিদের থেকে চুরি করা এবং যার অর্থ তার নিজেরও সম্পূর্ণ জানা নেই।

যুবতী সেসব শুনে, দ্বন্দ্বে পড়ে গিয়ে, অবশেষে বলল, 'বীর-জাদুকর, তুমি খুব ভালো কথা বলো, এবং আমি তোমার আতিথেয়তায় যার পর নাই আনন্দিত হতাম, শুধু যদি দেখতে পেতাম তোমার একটা হৃদয় আছে!'

বীর-জাদুকর হেসে জবাব দিল সে ব্যাপারে চিন্তার কিছু নেই। তারপর তাকে অনুসরণ করতে বলে বীর-জাদুকর তাকে খাওয়াদাওয়ার জায়গা থেকে সরিয়ে, নিয়ে গেল সেই তালাবদ্ধ অন্ধকূপে, যেখানে তার সবচেয়ে মূল্যবান সম্পদ রাখা ছিল।

সেখানে এক মায়াময় স্ফটিকের বাক্সে রাখা ছিল বীর-জাদুকরের হৃৎপিণ্ড যার স্পন্দন নিরন্তর চলছে।

বহু বছর ধরে মানুষের চোখ, কান, স্পর্শ থেকে বিচ্ছিন্ন, সে কখনও সৌন্দর্য, বা সুরেলা আওয়াজ, অথবা রেশমী ত্বকের ছোঁয়ায় বশীভূত হয়নি। যুবতী সেই দৃশ্যে ভয়ে আতঙ্কিত হয়ে উঠল, কারণ সেই হৃৎপিণ্ড কুঁচকে ছোটো হয়ে লম্বা কালো লোমে ঢেকে গেছে।

'এ তুমি কি করেছ?' যুবতী কেঁদে উঠল, 'আমি তোমায় অনুরোধ করছি, দয়া করে ওকে ওর নিজের জায়গায় ফিরিয়ে দাও!'

যুবতীকে খুশি করার প্রয়োজন বোধ করে বীর-জাদুকর তার জাদুর ছড়ি নিয়ে স্ফটিকের বাক্সটার তালা খুলল, তারপর নিজের বুক চিরে লোমে ঢাকা হৃৎপিণ্ড সেই শূন্য গহ্বরে রেখে দিল যেখানে সে এককালে থাকত।

'এবার তুমি সুস্থ এবং প্রকৃত ভালোবাসার অর্থ বুঝতে পারবে!' এই বলে যুবতী বীর-জাদুকরকে আলিঙ্গন করল।

যুবতীর সাদা নরম হাতের ছোঁয়া, কানের কাছে তার নিঃশ্বাসের শব্দ, সোনালী চুলের মধুময় গন্ধ: সব যেন একসাথে সেই নবজাগরিত হৃদয়ে বর্শার মতো গিয়ে বিঁধল। কিন্তু বহুদিনের নির্বাসনের ফলে তার মধ্যে এক অদ্ভুত পরিবর্তন এসেছে, অন্ধকারে আচ্ছন্ন থাকার ফলে সে অন্ধ এবং হিংস্র হয়ে

উঠেছে, তার ক্ষুধা শক্তিশালী এবং বিকৃত হয়ে উঠেছে।

ভোজনোৎসবের অতিথিরা এতক্ষণে নিমন্ত্রণকর্তা এবং যুবতীর অনুপস্থিতি লক্ষ্য করেছে। প্রথমে শান্ত থাকার পর তারা ক্রমশ উদ্বিগ্ন হয়ে উঠল, এবং শেষে অগত্যা প্রাসাদ জুড়ে দুজনকে খুঁজতে লাগল।

অবশেষে তারা সেই কক্ষে গিয়ে পৌঁছল, যেখানে তাদের জন্য এক ভয়াবহ দৃশ্য অপেক্ষা করছিল।

যুবতীর মৃতদেহ মাটিতে লুটিয়ে পড়ে আছে, তার বুক চেড়া, এবং তার পাশে একহাতে একটা বিরাট, কোমল, অত্যুজ্জ্বল, লাল হৃৎপিণ্ড নিয়ে বীর-জাদুকর ঝুঁকে বসে আছে, যেটাকে সে চেটে, হাত বুলিয়ে নিজের হৃৎপিণ্ডের সাথে অদলবদল করার প্রতিশ্রুতি দিচ্ছে।

অন্য হাতে জাদু-ছড়ি নিয়ে সে নিজের বুকের ভেতরে অবস্থিত কুঁকড়ানো, লোমে আবৃত হৃৎপিণ্ডকে তোষামোদ করে ভোলানোর চেষ্টা করছে। কিন্তু সেই লোমে ঢাকা হৃৎপিণ্ড জাদুকরের চেয়ে অনেক বেশি শক্তিশালী হওয়ার ফলে তার ইন্দ্রিয়গ্রাহ্যের উপর থেকে দখল ছাড়ছে না, এতদিন সে যেই বাক্সে তালাবদ্ধ হয়ে ছিল এবার আর সে সেখানে ফিরবে না।

আতঙ্কিত অতিথিদের চোখের সামনে বীর-জাদুকর তার জাদু-ছড়ি পাশে রেখে একটা রুপোলী ছুরি হাতে নিল।নিজের

সেই হৃৎপিণ্ডের বসে সে আর থাকবে না, এই প্রতিজ্ঞা করে সে নিজের বুক চিরে হৃৎপিণ্ডটাকে বের করে দিল।

অবশেষে এক মুহূর্তের জন্য বীর-জাদুকর দুহাতে দুটো হৃৎপিণ্ড নিয়ে নিজেকে বিজয়ী বোধ করে, পরক্ষনেই যুবতীর পাশে লুটিয়ে পড়ে মৃত্যুবরণ করল।

‘বীর-জাদুকরের লোমে আবৃত হৃদয়’-এর ব্যাপারে অ্যালবাস ডাম্বেলডোরের মন্তব্য

আমরা আগেই দেখেছি বীডেলের প্রথম দুটো গল্পে উদারতা, সহিষ্ণুতা, এবং ভালোবাসার বিষয়বস্তু নিয়ে যথেষ্ট সমালোচনা হয়েছে। কিন্তু ‘বীর-জাদুকরের লোমে আবৃত হৃদয়’ গল্পটা প্রথম রচিত হওয়ার শতাধিক বছর পরেও তাকে বিশেষ পরিবর্তন বা সমালোচনার সম্মুখীন হতে হয়নি; মূল পাণ্ডুলিপিতে আমি গল্পটা যেরকম পড়েছি তার সাথে আমার মায়ের মুখে শোনা গল্প প্রায় একই। এইবারে বলে রাখা ভালো যে ‘বীর-জাদুকরের লোমে আবৃত হৃদয়’ এখনও পর্যন্ত বীডেলের উপস্থাপনাগুলোর মধ্যে সবচেয়ে

ভয়ঙ্কর, এবং সন্তানেরা এই দুঃস্বপ্ন[1] সহ্য করতে পারার বয়সে পৌঁছনো অব্দি বহু অভিভাবক এই গল্প তাদের থেকে লুকিয়ে রাখেন।

তাহলে কেন এই আশঙ্কাজনক গল্পকে বাঁচিয়ে রাখা? আমি বলব 'বীর-জাদুকরের লোমে আবৃত হৃদয়' বহু শতাব্দী ধরে অক্ষত কারণ এই গল্প আমাদের সকলের অন্তরের অত্যন্ত খারাপ দিকগুলোকে তুলে ধরে। এই গল্প জাদুর সর্বশ্রেষ্ঠ এবং সবচেয়ে কম চর্চিত একটা প্রলোভনকে উদ্দেশ্য করে: অপরাজেয় শক্তির সন্ধান।

এহেন সন্ধান নিশ্চিতরূপে আষাঢ়ে কল্পনার চেয়ে বেশি কিছুই নয়। আজ পর্যন্ত কোনও জীবিত পুরুষ বা নারী, সে জাদুকরী হোক বা অজাদুকরী, সবরকম শারীরিক বা মানসিক ক্ষত থেকে সম্পূর্ণ মুক্ত হতে পারেনি। বেদনা দেওয়াও নিঃশ্বাস

---

[1] তার নিজস্ব ডাইরি থেকে জানা যায় যে বিয়েট্রিক্স ব্লক্সামের পিসি, একবার যখন তার পিসতুতো ভাই-বোনদের এই গল্প শোনাচ্ছিলেন, তখন তিনি আড়ি পেতে শোনেন এবং সেই মানসিক আঘাত থেকে তিনি কোনোদিন পুরোপুরি সেরে ওঠেননি। 'অকস্মাৎ আমার ছোট্ট কানটা চাবির গর্তে গিয়ে পড়ল। আমার শুধু এটুকুই মনে আছে যে আমি ভয়ে অসাড় হয়ে পড়েছিলাম, কারণ সেই জঘন্য গল্পটা আমি পুরোটা শুনেছি, এবং তারপর আমার কাকু নবী, যে কিনা বাউন্সিং বাল্বস্'এর থেকে পদচ্যুত এক স্থানীয় গুন্ডা, তার ভয়ানক অপ্রীতিকর কিছু কার্যকলাপ দেখেছি, যার বিস্তারিত বিবরণ এখন নাই বা দিলাম। সেই আঘাতে আমি প্রায় মরেই গিয়েছিলাম; এক সপ্তাহ বিছানায় শুয়ে কাটিয়েছি, এবং এতটাই ভীত-সন্ত্রস্ত ছিলাম যে প্রতি রাতে ঘুমের ঘোরে হেঁটে হেঁটে সেই চাবির গর্ত অব্দি ফিরে যাওয়া আমার অভ্যাস হয়ে উঠেছিল। অবশেষে আমার বাবা আমার সমস্ত পছন্দের জিনিসপত্র নিয়ে ঘুমনোর আগে আমার দরজায় একটা আটকে রাখার জাদুমন্ত্র প্রয়োগ করতে লাগল।' স্পষ্টতই বিয়েট্রিক্স কোনোদিনই 'জাদুকরের লোমে আবৃত হৃদয়' গল্পটাকে শিশুদের অনুভূতিপ্রবণ মস্তিষ্কের জন্য উপযুক্ত করে তুলতে পারেনি, কারণ সে *টোডস্টুলের গল্প*-এর উদ্দেশ্যে এই গল্পকে নতুন করে কোনোদিন লেখেনি।

নেওয়ার মতোই মনুষ্যসুলভ। তবুও আমরা জাদুকরেরা বিশেষত এই ধারনার দ্বারা প্রভাবিত হয়ে থাকি যে অস্তিত্বের স্বাভাবিক গঠনকে আমরা নিজেদের ইচ্ছামতো ওলটপালট করতে পারব।উদাহরণস্বরূপ বলা যেতে পারে, এই গল্পের তরুণ বীর-জাদুকর[2] ভাবে যে প্রেমে পড়লে তার স্বাচ্ছন্দ্য এবং নিরাপত্তায় ভীষণ ব্যাঘাত ঘটবে। তার মতে প্রেম এক রকমের মানহীনতা, একরকম দুর্বলতা, এবং কোনও ব্যাক্তির মানসিক এবং বস্তুগত সম্পদকে ক্ষয় করতে থাকে।

শতাব্দী-প্রাচীন প্রেমের ঔষধির লেনদেন লক্ষ করলে অবশ্যই দেখা যায় যে আমাদের এই কাল্পনিক জাদুকরই প্রেমের ধারা নিয়ন্ত্রণে প্রচেষ্টারত একমাত্র ব্যাক্তি নন। একপ্রকার সত্যিকারের প্রেমের ঔষধির[3] খোঁজ আজও চলছে, কিন্তু সেরকম

---

[2] ['ওয়ারলক' শব্দটা খুবই প্রাচীন। যদিও এটা কখনও কখনও 'উইজার্ড' শব্দের সাথে ঘুরিয়ে ফিরিয়ে ব্যবহার করা হয়, কিন্তু এটা প্রকৃত অর্থে এমন এক ব্যাক্তিকে বোঝায় যে লড়াই এবং সব রকম সামরিক জাদু রপ্ত করেছে। অনেক সময় উপাধি হিশেবেও এই তকমা সেসব জাদুকরদের দেওয়া হয় যারা কোনও দুঃসাহসী কাজ করেছে, ঠিক যেমন মাগলদের তাদের বীরত্বের জন্য সামরিক পদে সম্মানিত করা হয়। এই গল্পের তরুণ জাদুকরকে 'ওয়ারলক' বলার মাধ্যমে বীডেল বোঝাতে চাইছেন যে এই ব্যক্তি পূর্বেই আক্রমণাত্মক জাদুতে সুপটু হিসেবে খ্যাতনামা, সেই কারণেই তার নামের সঙ্গে 'বীর' শব্দ যোগ করা হয়েছে। আজকাল জাদুকরেরা 'ওয়ারলক' শব্দটাকে দুভাবে ব্যবহার করে: হয় কোনও ভয়ানক দেখতে জাদুকরকে বোঝানোর জন্য, অথবা কোনও এক বিশেষ দক্ষতার সুবাদে পাওয়া একটা উপাধি বোঝাতে। সেই কারণেই বলা হয়েছে ডাম্বেলডোর উইযেনগ্যামট-এর চীফ ওয়ারলক ছিলেন। জে.কে.আর.]

[3] হেক্টর ড্যাগওয়ার্থ-গ্রেঞ্জার, মোস্ট এক্সট্রাঅরডিনারি সোসাইটি অফ পোশানীয়ারস্-এর সৃষ্টিকর্তা, বলেছেন: কোনও সুপটু রসায়নবিদের দ্বারা শক্তিশালী মোহ উৎপন্ন করা সম্ভব, কিন্তু আজ পর্যন্ত কেউ এমন কোনও সত্যিকারের অবিচ্ছেদ্দ, অনন্ত, শর্তহীন আসক্তি তৈরি করতে পারেনি যাকে প্রকৃত 'প্রেম' বলে চিহ্নিত করা যায়।

কোনও ওষুধ এখনও অব্দি তৈরি হয়নি, এবং তা আদৌ সম্ভব কিনা সে বিষয়ে প্রধান রসায়নবিদদের বিশেষ সন্দেহ আছে।

এই গল্পের নায়ক কোনও প্রেমের প্রতিমূর্তিতেও আগ্রহী নন যা সে নিজের ইচ্ছামত গড়তে বা ভাঙতে পারবে। সে সেই সমস্ত বস্তুর থেকে আজীবন অসংক্রমিত থাকতে চায় যাকে সে এক ধরনের অসুখ বলে মনে করে, এবং সেই কারণে এমন এক কালা জাদু ব্যবহার করে যা গল্পের বইয়ের বাইরে সম্ভব নয়: সে নিজের হৃদয়কে তালাবদ্ধ করে রাখে।

বহু লেখক এই ধরনের কাজের সাথে একটা হোরক্রাক্স তৈরি করার সামঞ্জস্য খুঁজে পায়। যদিও বীডেলের নায়ক এখানে মৃত্যুকে এড়ানোর প্রচেষ্টা করছে না, কিন্তু সে এক অবিচ্ছেদ্য জিনিসকে বিচ্ছিন্ন করছে - শরীর এবং হৃদয় - এবং এর মাধ্যমে সে অ্যাড্যালবার্ট ওয়াফলিং-এর দ্বারা রচিত 'জাদুর মৌলিক নিয়মাবলী'র সর্বপ্রথম নিয়মকে লঙ্ঘন করছে:

সবচেয়ে গভীরতম রহস্যে - জীবনের উৎস, নিজের সত্তা - অবৈধভাবে হস্তক্ষেপ তখনই করবে যখন সবচেয়ে ভয়ানক এবং বিপজ্জনক ফলাফল ভোগ করার জন্য প্রস্তুত থাকবে।

এবং নিশ্চিতভাবে জানা যায় যে নিজেকে মহামানবের পর্যায়ে নিয়ে যেতে গিয়ে এই গোঁয়ার যুবক নিজেকে এক প্রকার অমানুষে পরিণত করে। তার নিজের পাশবিক পরিণতির প্রতীকী হিসেবে তালাবদ্ধ করে রাখা হৃৎপিণ্ড ধীরে ধীরে কুঁচকে যেতে থাকে এবং তাতে লোম গজাতে থাকে। অবশেষে সে এক হিংস্র জানোয়ারে

পরিণত হয় যে নিজের কামনার বস্তুকে বলপূর্বক আদায় করতে চায়, এবং এমন একখানা জিনিস পুনর্বার আদায় করার বৃথা চেষ্টা করতে গিয়ে মারা যায় যা বর্তমানে তার নাগালের থেকে অনেকটাই বাইরে – একটা মানুষের হৃদয়।

যদিও কিছুটা পুরনো, তবুও 'লোমে আবৃত হৃদয়' কথাটা রোজকার জাদুকরী ভাষায় মিশে গিয়ে কোনও এক অনাসক্ত বা অনুভূতিহীন জাদুকর বা জাদুকরীকে বোঝায়। আমার অবিবাহিতা পিসি, হনোরিয়া, সবসময় অভিযোগ করতেন যে তিনি 'জাদুর অপপ্রয়োগ দপ্তরে' এক জাদুকরের সঙ্গে নিজের বিবাহের চুক্তি থেকে পিছিয়ে এসেছিলেন, কারণ তিনি ঠিক সময় জানতে পারেন যে 'সেই জাদুকরের একটা লোমে আবৃত হৃদয় আছে'। (যদিও শোনা যায় যে তিনি আসলে সেই জাদুকরকে কিছু হরক্লাম্পস্[4]-এর সাথে প্রেম করতে দেখে ফেলেন, যা দেখে তিনি অবাক হয়ে যান।) সম্প্রতি স্বনির্ভরতা নিয়ে লেখা বই *লোমে আবৃত হৃদয়: অসমর্পনে বদ্ধপরিকর জাদুকরদের জন্য একটা পথপঁজি* [5] সর্বাধিক বিক্রিত বইয়ের তালিকায় সর্বোচ্চ স্থান পেয়েছে।

---

[4] হরক্লাম্পস্ এক-জাতের কর্কশ, ফেকাশে লাল, মাশরুমের মতো জীব। তার সঙ্গে কোনও ব্যক্তি প্রেম করতে কেনই বা চাইবে তা ব্যাখ্যা করা কঠিন। আরো তথ্যের জন্য '*কাল্পনিক জীব এবং তাদের কোথায় পাওয়া যেতে পারে*' গল্পে চোখ রাখুন।

[5] *লোমে আবৃত তুণ্ড, মনুষ্য হৃৎপিণ্ড* যা লাইক্যানথ্রোপী আক্রান্ত এক ব্যক্তির সংগ্রাম নিয়ে লেখা অত্যন্ত দুঃখের একটা গল্প, তার সাথে যেন একে গুলিয়ে না ফেলা হয়।

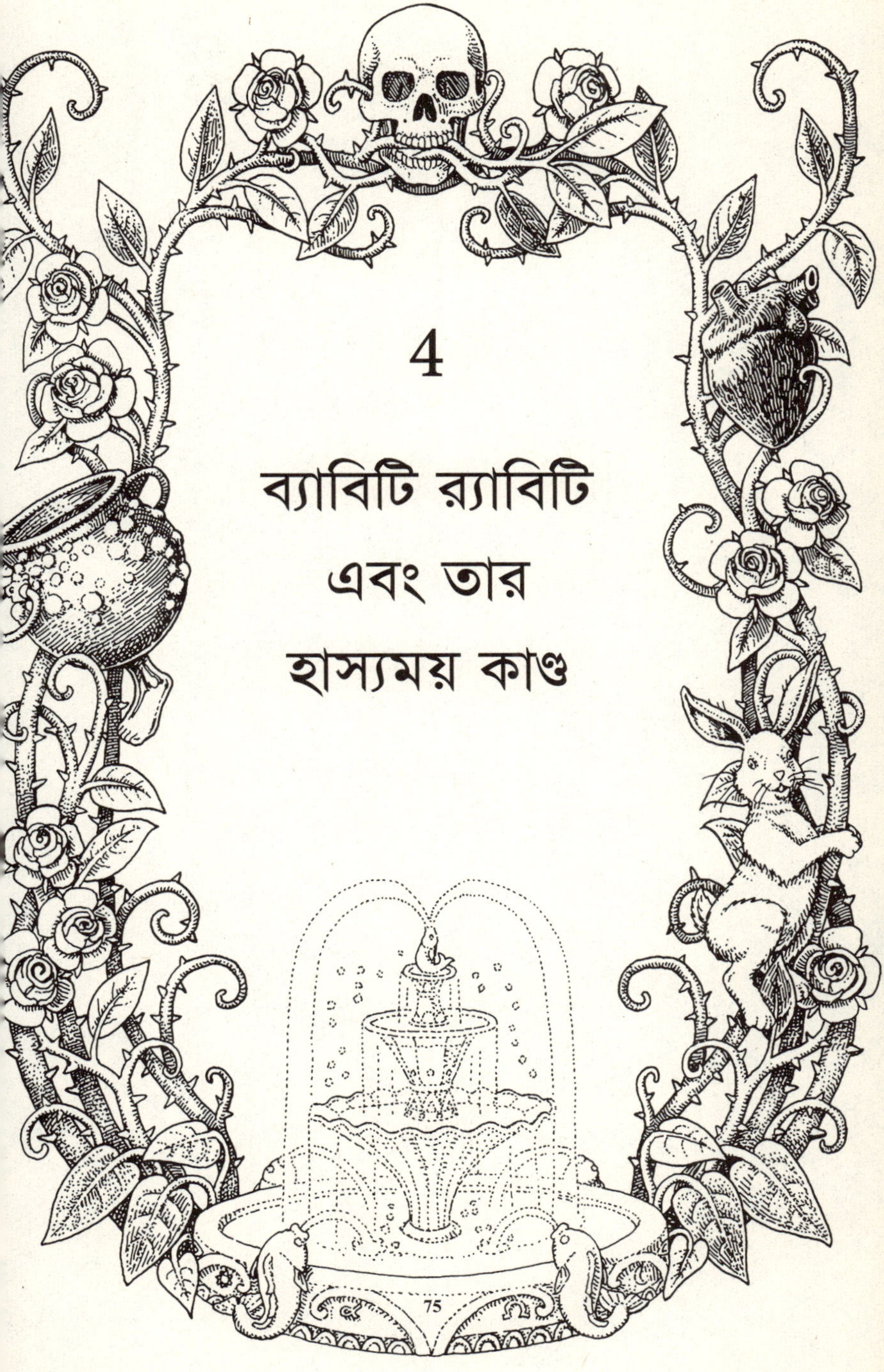

4

ব্যাবিটি র‍্যাবিটি এবং তার হাস্যময় কাণ্ড

অনেককাল আগে বহু দূর এক রাজ্যে এক অবোধ রাজা ছিলেন যিনি স্থির করেছিলেন তারই একমাত্র জাদু-ক্ষমতা থাকবে।

তাই তিনি তার সেনাপতিকে জাদুকরী-শিকারের জন্য এক বৃহৎ সৈন্যদল তৈরি করার আদেশ দেন, এবং তাদেরকে একদল হিংস্র কালো হাউন্ড কুকুর প্রদান করেন। একই সঙ্গে তিনি রাজ্যের প্রতিটা গ্রামে-গঞ্জে লোক পাঠান ঘোষণা করতে : 'রাজা একজন জাদু-শিক্ষকের খোঁজ করছেন।'

কোনও জাদুকর সেই পদের জন্য সাহস করে এগিয়ে এল না কারণ তারা সকলেই জাদুকরী-শিকারীর সৈন্যদলের থেকে আত্মগোপন করে ছিল।

কিন্তু একজন ধূর্ত প্রতারক, যার আদতে কোনও জাদু ক্ষমতাই নেই, ধনসম্পদ বৃদ্ধির সুযোগ বুঝে রাজপ্রাসাদে গিয়ে

হাজির হল এবং নিজেকে নানান জাদুক্ষমতায় জ্ঞানপ্রাপ্ত বলে দাবী করল। সে কিছু সহজ কৌশলের মাধ্যমে নির্বোধ রাজাকে সন্তুষ্ট করার সাথে সাথে তাকে মহান জাদুকরদের নেতা হিসেবে গণ্য করা হল এবং রাজার নিজস্ব জাদু-শিক্ষকের পদে নিযুক্ত করা হল।

সে রাজার কাছে এক থলি ভর্তি সোনা চাইল যা দিয়ে সে জাদু-ছড়ি এবং অন্যান্য জাদুকরী উপাদান কিনবে। এছাড়াও সে কিছু বড় আকারের চুণি পাথরের আর্জি জানাল যা সে আরোগ্যমূলক জাদুমন্ত্রের প্রয়োগে ব্যবহার করবে, এবং জাদুর ঔষধির সংরক্ষণ এবং পরিপক্বতার জন্য দু-একটা রূপোর পাত্র চাইল। অবোধ রাজা এই সবই তাকে প্রদান করলেন।

প্রতারক এই সমস্ত দামী জিনিসপত্র নিজের বাড়িতে গুছিয়ে রেখে রাজপ্রাসাদের ভূমিতে ফিরে এল।

সে জানতো না সেই ভূমির প্রান্তে একটা ঝুপড়িতে বসবাসকারী এক বৃদ্ধা তার উপর নজর রাখছিল। তার নাম ছিল ব্যাবিটি, এবং সে পেশায় একজন ধোপানী ছিল যে প্রাসাদের সমস্ত কাপড় নরম, সুগন্ধি এবং সাদা রাখার দায়িত্বে

নিযুক্ত ছিল। শুকোতে দেওয়া চাদরের আড়াল থেকে ব্যাবিটি দেখতে পেল লোকটা রাজার একটা গাছ থেকে দুটো ছোট ছোট ডাল ভেঙ্গে নিয়ে রাজপ্রাসাদে ঢুকে গেল।

তার মধ্যে একটা ডাল সে রাজাকে দিয়ে বলল সেটা একটা অত্যন্ত শক্তিশালী জাদু-ছড়ি।

'কিন্তু, এটা তখনই কাজ করবে,' সে বলল, 'যখন আপনি এর যোগ্য হয়ে উঠবেন'।

সেই ভণ্ড ব্যক্তি এবং নির্বোধ রাজা রোজ সকালে রাজপ্রাসাদের উদ্যানে হাঁটতে বেরতো, এবং তাদের জাদু-ছড়ি হাওয়ায় নাড়িয়ে আকাশের উদ্দেশ্যে অর্থহীন শব্দ আওড়ে যেত।

প্রতারক খেয়াল রাখতো যেন সে নিজে কিছু সংখ্যক বেশি কীর্তির নিদর্শন দেখাতে পারে, যাতে রাজার মহান জাদুকরের দ্বারা এত সোনার বিনিময় কেনা জাদু-ছড়ির ক্ষমতার উপর রাজার বিশ্বাস বজায় থাকে।

একদিন সকালে যখন সেই প্রতারক এবং নির্বোধ রাজা চক্রাকারে লাফিয়ে লাফিয়ে তাদের ছড়ি ঘুরিয়ে অর্থহীন ছড়া

আওড়ে যাচ্ছিল, হঠাৎ উচ্চস্বরে একটা কর্কশ হাসির আওয়াজ রাজার কানে এল। ব্যাবিটি ধোপানী তার ছোট্ট ঝুপড়ির জানলা থেকে রাজা এবং ডাক্তারকে দেখে এত জোরে হাসছিল যে সে আর দাঁড়িয়ে থাকতে না পেরে নিজেকে আড়ালে ঢেকে নিল।

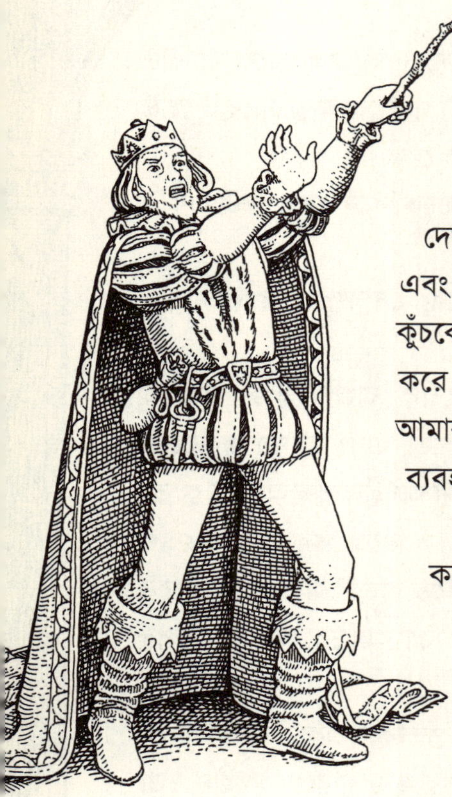

রাজা বললেন, 'বৃদ্ধ ধোপানী যেভাবে হাসছে, নিশ্চয়ই আমায় খুব হাস্যকর দেখতে লাগছে!' তিনি তার লাফানো এবং ছড়ি ঘোরানো থামিয়ে, ভুরু কুঁচকে বললেন, 'আমি অনুশীলন করে করে ক্লান্ত হয়ে গেছি! কবে আমি আমার প্রজাদের সামনে আসল মন্ত্র ব্যবহার করতে পারব জাদুকর?'

প্রতারক তার শিষ্যকে শান্ত করে তাকে আশ্বস্ত করল যে তিনি শীঘ্রই অত্যাশ্চর্য কিছু জাদুর কীর্তি দেখানোর যোগ্য হয়ে উঠবেন। কিন্তু ব্যাবিটির হাসি যে অবোধ

রাজাকে কতটা আঘাত করেছে তা এই ভণ্ড লোকটা বুঝতে পারেনি।

'আগামীকাল', রাজা বললেন, 'আমরা আমলাদের আমন্ত্রণ জানাব তাদের রাজার জাদুর প্রদর্শন দেখে আসার জন্য!'

ডাক্তার দেখল সময় এসে গেছে সব ধনসম্পদ নিয়ে পালিয়ে যাওয়ার।

'হায়, মহারাজ, এ অসম্ভব! আমি আপনাকে জানাতে ভুলেই গিয়েছিলাম, মহারাজ, যে আগামীকালই আমায় এক লম্বা সফরে বেরিয়ে যেতে হবে।'

'জাদুকর, তুমি যদি আমার অনুমতি ছাড়া এই রাজপ্রাসাদ ছেড়ে বেরোও, তাহলে কিন্তু আমার জাদুকরী-শিকারীর দল তাদের হাউন্ডগুলোকে নিয়ে তোমায় শিকার করবে! কাল সকালে তুমি আমাকে আমার রাজসভার সমস্ত ভদ্রলোক এবং ভদ্রমহিলার সামনে আমার জাদু প্রদর্শিত করতে সাহায্য করবে, এবং কেউ যদি আমায় নিয়ে হাসাহাসি করে তাহলে তোমার গর্দান যাবে!'

এই বলে রাজা তাকে একা এবং ভীত অবস্থায় রেখে ঝড়ের গতিতে রাজপ্রাসাদে ফিরে এলেন। এবার আর তার কোনও চালাকিই তাকে রক্ষা করতে পারবে না, কারণ তার পক্ষে পালানোও সম্ভব নয়, আর রাজাকে সেই জাদুর ব্যাপারে সাহায্যই বা সে কি করে করবে যা তাদের দুজনেরই অজানা।

ভয় এবং রাগ প্রকাশ করার জায়গা খুঁজতে খুঁজতে ভণ্ড লোকটা ব্যাবিটি ধোপানীর জানলায় এসে হাজির হল। ভেতরে উঁকি দিয়ে সে দেখল এক ক্ষুদ্রকায় বৃদ্ধা তার টেবিলের পাশে বসে একটা ছড়ি পরিষ্কার করছে। তার পেছনের এক কোনায় একটা কাঠের গামলায় রাজার চাদরগুলো নিজেরাই নিজেদের ধুয়ে নিচ্ছে।

সাথে সাথে ভণ্ডটা বুঝল যে ব্যাবিটি একজন সত্যিকারের জাদুকরী, এবং সে, যে তাকে এই বিচ্ছিরি সমস্যায় ফেলেছে, এর সমাধানও সে'ই করতে পারবে।

'বুড়ি!' প্রতারক গর্জে উঠল। 'তোমার হাসি আমার সর্বনাশ করেছে! তুমি যদি আমায় সাহায্য না করো, তাহলে আমি সবাইকে বলে দেব যে তুমি একজন জাদুকরী, আর তারপর রাজার হাউন্ডগুলো তোমাকেই ছিঁড়ে খাবে।

বৃদ্ধ ব্যাবিটি হেসে লোকটাকে আশ্বাস দিল সে তার সমস্ত ক্ষমতা দিয়ে তাকে সাহায্য করার চেষ্টা করবে।

ভণ্ডটা তাকে নির্দেশ দিল যে রাজার জাদুর প্রদর্শনীর সময় সে যেন একটা ঝোপের আড়ালে লুকিয়ে থাকে, এবং রাজার অজান্তে তার হয়ে সমস্ত কীর্তি যেন সে করে। ব্যাবিটি রাজি হল, কিন্তু একটা প্রশ্ন করল।

রাজা যদি এমন কোনও জাদু দেখানোর চেষ্টা করে, যা ব্যাবিটি জানে না, তখন কি হবে?'

প্রতারক ব্যাঙ্গ করে হেসে উঠল।

সে বলল, 'তোমার জাদু ঐ বোকাটার কল্পনার চেয়েও অনেক বেশি শক্তিশালী', এই বলে নিজের চাতুরীতে খুশি হয়ে সে প্রাসাদে ফিরে গেল।

পরের দিন সকালে রাজ্যের সকল সম্মানীয় ভদ্রলোক এবং ভদ্রমহিলা প্রাসাদের মাঠে একত্রিত হলেন। রাজা ভণ্ড লোকটাকে পাশে নিয়ে তাদের সামনে উপস্থিত একটা মঞ্চের উপর উঠলেন।

এক ভদ্রমহিলার দিকে তার ছড়ি তাক করে রাজা বললেন, 'প্রথমে আমি এই ভদ্রমহিলার টুপি অদৃশ্য করে দেব!'

পাশের একএকটা ঝোপের ভেতর থেকে ব্যাবিটি সেই মহিলার দিকে তার জাদু-ছড়ি তাক করে তার টুপি উধাও করে দিল। জনগণ যার পর নাই হতবাক এবং আহ্লাদিত, তারা আনন্দে উৎফুল্ল রাজার প্রবল প্রশংসা করতে লাগল।

'এবার, ঐ ঘোড়াটাকে আমি আকাশে ওড়াব!' এই বলে রাজা তার নিজের ঘোড়ার দিকে তার ছড়ি তাক করলেন।

তখন ঝোপের আড়াল থেকে ব্যাবিটি তার জাদু-ছড়ি সেই ঘোড়ার দিকে তাক করতেই ঘোড়া আকাশের দিকে উঠতে লাগল।

জনগণ আরো বিস্মিত এবং শিহরিত, তারা তাদের জাদুকর রাজার প্রশংসায় উল্লাস করতে লাগল।

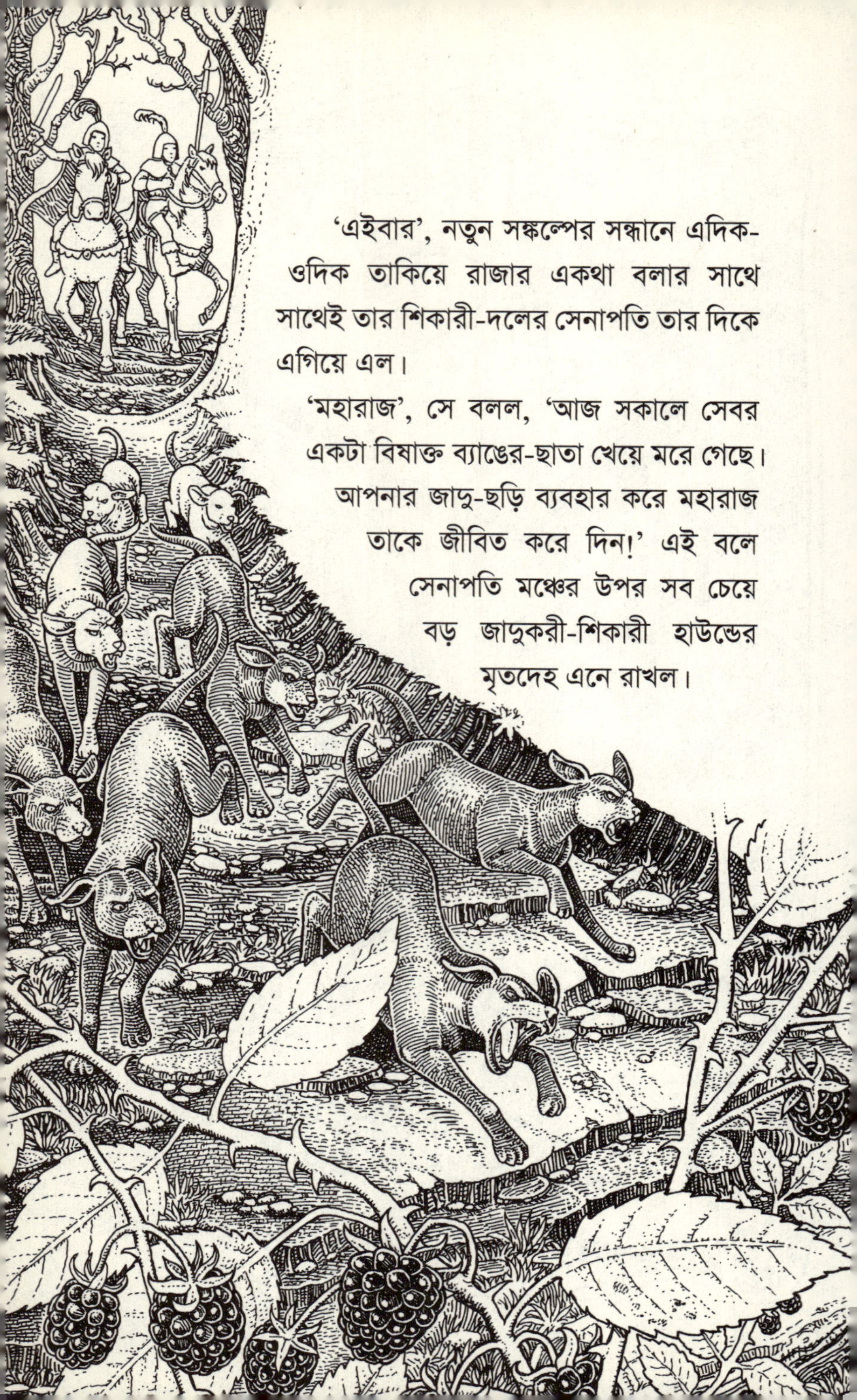

'এইবার', নতুন সঙ্কল্পের সন্ধানে এদিক-ওদিক তাকিয়ে রাজার একথা বলার সাথে সাথেই তার শিকারী-দলের সেনাপতি তার দিকে এগিয়ে এল।

'মহারাজ', সে বলল, 'আজ সকালে সেবর একটা বিষাক্ত ব্যাঙের-ছাতা খেয়ে মরে গেছে। আপনার জাদু-ছড়ি ব্যবহার করে মহারাজ তাকে জীবিত করে দিন!' এই বলে সেনাপতি মঞ্চের উপর সব চেয়ে বড় জাদুকরী-শিকারী হাউন্ডের মৃতদেহ এনে রাখল।

নির্বোধ রাজা তার গাছের ডাল হাওয়ায় ঘুরিয়ে মৃত কুকুরটার দিকে তাক করল। কিন্তু এবার ঝোপের ভেতর থেকে ব্যাবিটি শুধু হাসল, কষ্ট করে তার জাদু-ছড়ি আর ওঠাল না কারণ কোনও জাদুই মৃত জীবকে ফিরিয়ে আনতে পারে না।

কুকুরটার নিষ্ক্রিয়তায় জনগণ প্রথমে ফিসফিস করে কথা বলছিল, তারপর হাসতে লাগল। তারা ভাবল রাজার প্রথম দুটো কীর্তি হয়তো সামান্য ছলনা ছিল।

'কাজ হচ্ছেনা কেন?' রাজা ভণ্ড লোকটার উপর চেঁচিয়ে উঠলেন, যে তখন নিজেকে বাঁচানোর একমাত্র উপায় ভাবছিল।

'ঐযে মহারাজ, ঐখানে!' ব্যাবিটি যেই ঝোপের আড়ালে লুকিয়ে ছিল সেদিকে দেখিয়ে সে চেঁচিয়ে উঠল, 'আমি স্পষ্ট দেখতে পাচ্ছি, একটা দুষ্ট ডাইনি আপনার জাদুকে তার কু-মন্ত্রের দ্বারা আটকে দিচ্ছে! ধরে আনো, কেউ ওকে ধরে আনো!'

ব্যাবিটি সেই ঝোপ থেকে পালাল এবং জাদুকরী-শিকারীর সৈন্যদল তার সন্ধানে বেরিয়ে পড়ল, তাদের শিকারী-

কুকুরগুলোকে তার পেছনে লেলিয়ে দিল, তারা ব্যাবিটির রক্তের পিপাসায় চিৎকার করতে লাগল। ছোট্ট জাদুকরী একটা নিচু ঝোপের আড়ালে গিয়েই অদৃশ্য হয়ে পড়ল, এবং তারপর রাজা, সেই প্রতারক ব্যক্তি এবং সমস্ত সভাসদ সেই ঝোপের উলটো দিকে গিয়ে দেখতে পেল জাদুকরী-শিকারী কুকুরগুলো একটা নুয়ে পড়া বয়স্ক গাছের উপর চেঁচাচ্ছে আর আঁচড়াচ্ছে।

'ও নিজেকে একটা গাছে বদলে ফেলেছে!' ভণ্ডটা চিৎকার করতে লাগল, এবং পাছে ব্যাবিটি নিজেকে আবার মনুষ্যরূপে বদলে তার সমস্ত রহস্য ফাঁশ করে দেয়, সেই ভয়ে সে বলে উঠল, 'মহারাজ, ওকে কেটে ফেলুন, দুষ্ট জাদুকরীদের সাথে এরকমই করা উচিত!'

সঙ্গে সঙ্গে একটা কুঠার নিয়ে আসা হল এবং সভাসদ আর প্রতারক ব্যক্তিটির উচ্চস্বরে উল্লাসধ্বনির সাথে বুড়ো গাছটাকে কেটে ফেলা হল।

কিন্তু যেই তারা প্রাসাদের দিকে ফিরে আসতে যাবে, এমন সময় হঠাৎ একটা কর্কশ হাশির আওয়াজ তাদের মাঝপথে আটকে দিল।

'বোকা!' পড়ে থাকা গাছের অবশিষ্ট কাণ্ডর ভেতর থেকে ব্যাবিটির গলা বলে উঠল। 'কোনও জাদুকর বা জাদুকরীকে কেটে ফেললেই তাদের মেরে ফেলা যায় না! আমার কথা বিশ্বাস না হয় তো ঐ কুঠার নিয়ে তোমাদের মহান জাদুকরকে দুভাগে কেটে দেখো!'

শিকারীদলের সেনাপতি পরীক্ষা করতে উৎসাহী, কিন্তু যেইমাত্র সে কুঠার তুলে ধরেছে, সাথে সাথে প্রতারক তার পায়ে পড়ে প্রাণভিক্ষা চাইতে লাগল এবং তার সমস্ত নষ্টামি স্বীকার করল। তারপর তাকে কারাগারে নিয়ে যাওয়ার সময় গাছের কাণ্ডটা আরো জোরে হাসতে লাগল।

'এক জাদুকরীকে দুভাগে কেটে তুমি নিজের রাজ্যের উপর ঘোর অভিশাপ ডেকে এনেছ!' কাণ্ড ভীত রাজাকে বলে উঠল। 'এরপর থেকে আমার জাদুকর এবং জাদুকরী সাথীদের কোনোরকম ক্ষতি করলে সেটা তোমার উপর কুঠারাঘাতের সমান ব্যাথা হয়ে ফিরে আসতে থাকবে, যতক্ষণ না তুমি তার থেকে নিজের মৃত্যুকামনা করছ!'

এই শুনে রাজা নতজানু হয়ে বসে গাছের অবশিষ্টাংশকে উদ্দেশ্য করে বললেন তিনি তক্ষুনি একটা নির্দেশিকা জারি করবেন, যার দ্বারা রাজ্যের সমস্ত জাদুকর এবং জাদুকরীকে সুরক্ষিত রাখা হবে এবং তাদের শান্তিপূর্ণ ভাবে জাদু-অনুশীলন করার অনুমতি দেওয়া হবে।

'খুব ভালো', গাছের কাণ্ড বলল, 'কিন্তু তুমি তো ব্যাবিটির ক্ষতিপূরণ এখনও করোনি!'

'যা বলবে, যা বলবে করব!' বোকা রাজা সেই কাণ্ডর সামনে হাতজোড় করে বলতে লাগলেন।

'তুমি সেই নিরীহ ধোপানীর স্মৃতিতে এই স্থানে ব্যাবিটির

একটা মূর্তি স্থাপন করবে, যা তোমায় আজীবন তোমার মুর্খামির কথা মনে করাতে থাকবে!' কাণ্ড বলে উঠল।

রাজা সাথে সাথে সহমত হলেন, এবং প্রতিজ্ঞা করলেন যে তিনি সেই রাজ্যের সর্বোত্তম ভাস্করকে এই কাজে নিযুক্ত

করবেন এবং খাঁটি সোনা দিয়ে তার একটা মূর্তি তৈরি করবেন। তারপর লজ্জিত রাজা এবং তার সভার সমস্ত অভিজাত পুরুষ

এবং মহিলা কর্কশ হাস্যময় গাছের কাণ্ডটাকে পেছনে ফেলে প্রাসাদের দিকে এগিয়ে গেলেন।

তারপর যখন সেই জায়গা আবার জনমানবশূন্য হয়ে পড়ল, তখন সেই গাছের শিকড়ের ফাঁক থেকে একটা মোটাসোটা এবং গোঁফওয়ালা খরগোশ মোচড় মেরে বেরিয়ে এল, তার দাঁতের ফাঁকে একটা জাদু-ছড়ি ধরা। ব্যাবিটি সেখান থেকে লাফিয়ে লাফিয়ে অনেক দূরে চলে গেল, এবং তারপর থেকে সেই ধোপানীর সোনালী মূর্তি সেই গাছের কাণ্ডর উপর সদা বিরাজমান, এবং এর পর থেকে এই রাজ্যে আর কোনোদিন কোনও জাদুকর বা জাদুকরীকে নিপীড়িত হতে হয়নি।

'ব্যাবিটি র‍্যাবিটি এবং তার হাস্যময় কাণ্ড'র ব্যাপারে অ্যাল্বাস ডাম্বেলডোরের মন্তব্য

'ব্যাবিটি র‍্যাবিটি এবং তার হাস্যময় কাণ্ড' গল্পটাকে নানা ভাবে বীডেলের গল্পগুলোর মধ্যে সব চাইতে বাস্তববাদী বলে ধরা যেতে পারে, কারণ যেই জাদু এখানে দেখানো হয়েছে, তা প্রায় পুরোটাই জাদুর চিরাচরিত নিয়মাবলী মেনে চলে।

এই গল্পের দ্বারাই আমরা অনেকে প্রথম জানতে পারি যে জাদু মৃত প্রাণীকে ফিরিয়ে আনতে পারে না, এবং এই খবরটা প্রথমে আমাদের খুবই দুঃখজনক এবং অবাক লেগেছিল, কারণ ছোটবেলায় আমাদের বিশ্বাস ছিল যে

আমাদের মা-বাবারা তাদের জাদু-ছড়ি একবার ঘুরিয়েই আমাদের মৃত ইঁদুর-বিড়ালদের জাগিয়ে তুলতে পারবে। বীডেলের এই গল্প লেখার পর প্রায় ছ'শো বছর পেরিয়ে গেছে, এবং যদিও আমরা আমাদের প্রিয়জনদের অব্যাহত উপস্থিতির[1] মায়া বজায় রাখার জন্য অসংখ্য উপায় বের করেছি, কিন্তু জাদুকরেরা আজও কারুর মৃত্যুর পর তার দেহ এবং আত্মার পুনর্মিলনের উপায় খুঁজে বের করতে পারেনি। বিখ্যাত জাদুকরী দার্শনিক বারট্রান্ড ডি পেনসীস-প্রোফন্দে তার সুপ্রসিদ্ধ কাজ *এ স্টাডি ইন্টু দ্য পসিবিলিটি অফ রিভারসিং দ্য একচুয়াল অ্যান্ড মেটাফিসিকাল এফেক্টস্ অফ ন্যাচরাল ডেথ, উইথ পারটিকুলার রিগার্ড টু দ্য রীইন্টিগ্রেশন অফ এসেন্স অ্যান্ড ম্যাটর*-এ লিখেছেন : ‘ছেড়ে দাও। এ কোনোদিন সম্ভব না’।

কিন্তু সাহিত্যে অ্যানিম্যাগাস-এর উল্লেখ রয়েছে এরকম প্রথম কিছু গল্পের মধ্যে ব্যাবিটি র‍্যাবিটি অন্যতম, কারণ ব্যাবিটি নামক ধোপানী নিজেকে ইচ্ছামতো একটা পশুতে পরিণত করার দুর্লভ জাদুক্ষমতা রাখে। অ্যানিম্যাগি'রা এক ধরনের সংখ্যালঘু জাদুকর। সুনিপূণ এবং স্বতঃস্ফূর্ত ভাবে

---

[1] [জাদুকরী আলোকচিত্র এবং প্রতিকৃতি চলনশীল ও (বিশেষত দ্বিতীয়টির ক্ষেত্রে) তাদের শিল্পীদের মতোই তারাও কথা বলে। অন্যান্য দুর্লভ বস্তু, যেমন এরাইসেড-এর আয়না, হারানো প্রিয়জনদের শুধুমাত্র একটা স্থির ছবির থেকেও অনেক বেশি কিছু ব্যক্ত করে। আমরা যাদের ভূতপ্রেত বলে থাকি তারা আসলে সেই সকল জাদুকর এবং জাদুকরীদের, স্বচ্ছ, চলমান, কথাপ্রবণ এবং চিন্তাশীল সংস্করণ, যারা, যেকোনো কারণেই হোক, পৃথিবীতে থাকতে চেয়েছিল। জে.কে.আর.]

নিজেকে মানুষ থেকে পশুতে বদলানোর জন্য যথেষ্ট পড়াশোনা এবং অনুশীলনের প্রয়োজন, এবং বহু জাদুকর এবং জাদুকরী মনে করে সেই সময়টা তারা অন্য কাজে দিলে ভালো হয়। অবশ্য এই ধরনের প্রতিভার নিদর্শন সীমিত, যদি না কারুর বিশেষ প্রয়োজন পড়ে ছদ্মবেশ ধরার অথবা আত্মগোপন করার। এই কারণেই মিনিস্ট্রি অফ ম্যাজিক অ্যানিম্যাগিদের একটা তালিকা তৈরি করার দাবী জানিয়েছিলেন, কারণ, যারা গোপনে বেআইনী কাজের[2] সঙ্গে যুক্ত, তাদের কাছে এই ধরনের জাদু নিঃসন্দেহে বিশেষ মূল্যবান।

এমন কোনও ধোপানী যে নিজেকে খরগোশে পরিবর্তন করতে পারতো সত্যিই ছিল কিনা সে বিষয়ে সংশয়ের অবকাশ থাকে না; কিন্তু কিছু জাদুকরী ঐতিহাসিকের মতে বীডেল ব্যাবিটির চরিত্রটাকে বিখ্যাত ফরাসি জাদুকরী লিসেট ডি ল্যাপ্লিন-এর আদলে সৃষ্টি করেছেন, যাকে ১৪২২ খ্রিষ্টাব্দে প্যারিসে জাদুবিদ্যার অনুশীলনের জন্য দোষী সাব্যস্ত করা হয়। তার মাগল পাহারাদার, যাদেরকে পরে বিচারসভায় আনা হয় তাকে সাহায্য করার অভিযোগে, তাদেরকে অবাক

---

[2] [প্রোফেসর ম্যাকগনেগাল, হগওয়ার্টসের প্রধান শিক্ষিকা, আমাকে একথা স্পষ্ট করে বলতে বলেছেন যে তিনি একজন অ্যানিম্যাগাস হয়েছেন শুধুমাত্র রূপান্তরণ নিয়ে তার বিস্তৃত গবেষণার জন্য, এবং তিনি একটা কালো ডোরাকাটা বাদামি রঙের বিড়ালে রূপান্তরিত হওয়ার তার ক্ষমতাকে অর্ডার অফ দ্য ফিনিক্স-এর ন্যায়সঙ্গত কাজ, যেখানে গোপনীয়তা অত্যাবশ্যক, শুধু সেখানে ছাড়া অন্য কথাও কোনও গুপ্ত কাজে ব্যবহার করেননি। জে.কে.আর.]

করে লিসেট্ তার মৃত্যুদণ্ডের আগের রাতে কারাগার থেকে উধাও হয়ে যায়। যদিও কারাগারের জানালার শিকের মধ্যে দিয়ে মুচড়ে বেরোতে পারবে এমন একজন অ্যানিম্যাগাস হিসেবে লিসেট্ কখনোই প্রমাণিত হননি, কিন্তু একটা বিরাট সাদা খরগোশকে ঠিক তার পরেই একটা পাল তোলা গামলায় বসে ইংলিশ চ্যানেল পার করতে দেখা গেছে, এবং একই রকম দেখতে একটা খরগোশকে পরে রাজা হেনরি দ্য সিক্সথ্[3]-এর সভায় এক বিশ্বস্ত পরামর্শদাতা হিসেবেও দেখা যায়।

বীডেলের গল্পের রাজা এক নির্বোধ মাগল যার জাদুর প্রতি লোভ এবং ভয় দুটোই আছে। সে মনে করে সে শুধুমাত্র কিছু মন্ত্র শিখে এবং ছড়ি[4] ঘুরিয়ে জাদুকর হতে পারবে। জাদু এবং জাদুকরের আসল সত্তার ব্যাপারে সে সম্পূর্ণ অজ্ঞাত, এবং

---

[3] এই কারণেই হয়তো এই মাগল-রাজাকে মানসিক ভারসাম্যহীন বলা হয়েছিল।

[4] ১৬৭২ খ্রিষ্টাব্দে ডিপার্টমেন্ট অফ মিস্ট্রীস-এ হওয়া গভীর পড়াশোনার মাধ্যমে উঠে আসে যে জাদুকর বা জাদুকরীদের জন্ম হয়, তাদের আলাদা করে তৈরি করা যায় না। একদিকে যেখানে জাদুর দুর্বৃত্ত ক্ষমতা আপাত অজাদুকরী-বংশীয়দের মধ্যে দেখা যায় (যদিও পরবর্তী বহু গবেষণা অনুযায়ী প্রত্যেক বংশে কখনও না কখনও একজন জাদুকরী অথবা জাদুকরের উপস্থিতি অবধারিত), কিন্তু মাগলরা জাদুর ব্যবহার করতে পারে না। সবচেয়ে ভালো - বা খারাপ - যা তারা আশা করতে পারে, তা হল একটা আসল জাদু-ছড়ি থেকে উৎপন্ন হওয়া নিয়ন্ত্রনহীন কিছু এলোমেলো কীর্তিকলাপ। এই জাদু-ছড়ি জিনিসটা, যার মধ্যে দিয়ে জাদু প্রবাহিত হয় বলে জানা যায়, কখনও কখনও বাড়তি কিছু ক্ষমতা ধরে রাখে যা সে অসময়ে প্রকাশ করে - 'তিন ভাইয়ের কাহিনী' গল্পের ছড়িবিদ্যা সংক্রান্ত টীকাগুলো দেখুন)

সেই কারণেই সে প্রতারক এবং ব্যাবিটি দুজনেরই ভুলভাল পরামর্শ হজম করেছে। এহেন আচরণ এক নির্দিষ্ট ধরনের মাগল ভাবনাচিন্তার ফলাফল : তাদের অজ্ঞতার ফলে তারা জাদু সংক্রান্ত সবরকম অস্বাভাবিকতাকেই মেনে নিতে প্রস্তুত থাকে, যেমন ব্যাবিটির নিজেকে একটা গাছে বদলে ফেলা এবং তার পরেও চিন্তাভাবনা করতে এবং কথা বলতে পারার বিষয়টা। (এক্ষেত্রে এটাও খেয়াল রাখা উচিত যে যখন বীডেল মাগল রাজার নির্বুদ্ধিতা বোঝানোর জন্য কথাবলা-গাছের কৌশল ব্যবহার করছেন, সে কিন্তু আমাদেরকে এও বিশ্বাস করতে বলছেন যে ব্যাবিটি খরগোশ হওয়ার পরেও মানুষের গলায় কথা বলে। একে হয়তো কাব্যিক স্বাধীনতা হিসেবে ধরে নেওয়া যেতে পারে, কিন্তু আমার মনে হয় বীডেল অ্যানিম্যাগিদের ব্যাপারে শুধু শুনেছেন, কোনোদিন সেরকম কাউকে চাক্ষুষ দেখেননি, কারণ গোটা গল্পে জাদুর নিয়মাবলী অতিক্রম করে এই একটিমাত্র স্বাধীনতা তিনি ব্যবহার করেছেন। অ্যানিম্যাগিরা পশুর আকার ধারণ করার পর মানুষের ভাষা তাদের আর থাকে না, যদিও মানুষের চিন্তাশক্তি এবং বিচারবুদ্ধি তাদের মধ্যে রয়ে যায়।প্রত্যেক স্কুল-পড়ুয়া ব্যক্তি জানে, একজন অ্যানিম্যাগাস এবং যে ব্যক্তি নিজেকে সম্পূর্ণরূপে কোনও এক পশুতে বদলে ফেলে, তাদের মধ্যে এটা একটা মূল পার্থক্য। দ্বিতীয়র ক্ষেত্রে একজন পুরোপুরি একটা পশুতে পরিণত হয়, যার ফলে সে আর জাদু ব্যবহার করতে পারে না, সে যে একসময় জাদুকর ছিল সে

ব্যাপারে সম্পূর্ণ অচেতন হয়ে যায়, এবং আরেকজনের সাহায্য ছাড়া আবার মনুষ্যরূপ ধারণ করতে পারে না।)

আমার মনে হয়, সম্ভবত তার নায়িকাকে একটা গাছে পরিণত হওয়ার অভিনয় করানো, এবং রাজাকে কুঠারাঘাতের মতো ব্যাথার ভয় দেখানোর ব্যাপারে বীডেল সত্যিকারের জাদুকরী ঐতিহ্য এবং অনুশীলনের থেকে উদ্বুদ্ধ। যেইসব গাছের কাঠে জাদু-ছড়ি তৈরি করার ক্ষমতা আছে, সেই গাছগুলোকে ছড়ির স্রষ্টারা অত্যন্ত নিরাপদে রাখেন এবং তাদের যত্নআত্তি করেন, এবং চুরি করার উদ্দেশ্যে সেইসব গাছ কাটলে শুধু বোট্রাক্লস্[5], যারা সেখানে বাসা বাঁধে, তাদের থেকেই বিপদের আশঙ্কা থাকে না, তার সাথে সেই গাছের মালিকের প্রয়োগ করা রক্ষাকারী মন্ত্রের কুফলও ভোগ করতে হয়। বীডেলের সময় ক্রুসিয়েটাস কার্স-কে মিনিস্ট্রি অফ ম্যাজিক[6] তখনও নিষিদ্ধ বলে ঘোষণা করেনি, এবং সেটা সম্ভবত সেই একই অনুভূতি প্রদান করতো যার ভয় ব্যাবিটি রাজাকে দেখিয়েছিল।

---

[5] গাছে বসবাসকারী এই অদ্ভুত ছোট্ট প্রাণীটির ব্যাপারে পুরোপুরি জানতে হলে *কাল্পনিক জীব এবং তাদের কোথায় পাওয়া যেতে পারে* নামক গল্পে চোখ রাখুন।

[6] ক্রুসিয়েটাস, ইম্পেরিয়াস, এবং আভাডা কেডাভরা নামক অভিশাপগুলো প্রথম ১৭১৭ সালে ক্ষমার অযোগ্য বলে গণ্য করা হয়, এবং যারা এগুলো ব্যবহার করবে তাদের বিরুদ্ধে কঠিনতম শাস্তির নির্দেশিকা জারি করা হয়।

5

তিন ভাইয়ের কাহিনী

একদা ককালে তিন ভাই ছিল যারা একদিন বিকেলবেলা একটা আঁকাবাঁকা জনমানবহীন পথ দিয়ে হেঁটে যাচ্ছিল। এক সময় তারা একটা নদীর পাড়ে এসে পৌঁছল যা হেঁটে পার হওয়ার তুলনায় অনেক বেশি গভীর, এবং সাঁতরে পার হওয়ার পক্ষে যথেষ্ট বিপজ্জনক। কিন্তু তারা তিনজনই জাদুবিদ্যা শিখেছিল, তাই তারা জাদু-ছড়ি ঘুরিয়ে সেই প্রতিকুল নদীর উপর দিয়ে একটা সাঁকো তৈরি করল। তার উপর দিয়ে অর্ধেক রাস্তা যেতেই দেখল একটি আলখাল্লা পড়া, মুখ ঢাকা, চেহারা তাদের পথ আটকে দাঁড়িয়ে আছে।

এবং মৃত্যু তাদের সাথে কথা বলল। সে খুবই ক্ষিপ্ত কারণ তার নতুন তিনজন শিকার তার সাথে ছলনা করেছে, কারণ পথিকরা সাধারনত সেই নদীতে ডুবে যায়। কিন্তু মৃত্যুও যথেষ্ট চতুর। সে তিন ভাইকে তাদের জাদুর ব্যবহারের জন্য অভিনন্দন

জানিয়ে বলল তারা তিনজনেই মৃত্যুকে ফাঁকি দেওয়ার সুবাদে তিনটে পুরস্কার জয় করেছে।

তখন বড় ভাই, যে একজন লড়াকু যুবক, এক অদ্বিতীয় শক্তিশালী জাদু-ছড়ি চাইল যা তার মালিকের হয়ে সমস্ত যুদ্ধ জয় করবে, এমন এক ছড়ি যা এক মৃত্যুঞ্জয়ী ব্যক্তির যোগ্য! তখন মৃত্যু একটা এল্ডার গাছের কাছে গিয়ে তার একটা ডাল নিয়ে একটা জাদু-ছড়ি বানিয়ে সেটা বড় ভাইকে দিল।

তারপর দ্বিতীয় ভাই, যে এক উদ্ধত স্বভাবের যুবক, মৃত্যুকে আরো অপমান করার জন্য বলল সে বাকিদের মৃত্যুর কাছ থেকে ফিরিয়ে আনার শক্তি চায়। তখন মৃত্যু নদীর পার থেকে একটা পাথর তুলে সেটা

দ্বিতীয় ভাইকে দিয়ে বলল সেই পাথরের মধ্যে মৃত ব্যাক্তিকে ফিরিয়ে আনার শক্তি আছে।

তারপর মৃত্যু তৃতীয় এবং সবার ছোট ভাইটিকে জিজ্ঞাস করল তার কি চাই। সে তিনজনের মধ্যে সবচেয়ে নম্র এবং বুদ্ধিমান ছিল এবং মৃত্যুর উপর তার কোনোরকম ভরসা ছিল না। তাই সে এমন কিছু চাইল যার সাহায্যে সে সেই জায়গা থেকে নিরাপদে চলে যেতে পারবে, এবং মৃত্যু তাকে অনুসরণ করবে না। এবার মৃত্যু অনিচ্ছা স্বত্বেও তাকে নিজের অদৃশ্য হওয়ার চাদরটা দিয়ে দিল।

তারপর সে সরে দাঁড়িয়ে তাদের তিনজনকে এগিয়ে যাওয়ার অনুমতি দিল। অবাক হয়ে তাদের রোমাঞ্চকর অভিজ্ঞতার ব্যাপারে কথা বলতে বলতে এবং মৃত্যুর উপহারগুলোর প্রশংসা করতে করতে তারা তাদের যাত্রাপথে এগিয়ে চলল।

এক সময়ে তারা আলাদা হয়ে গিয়ে নিজ নিজ পথে যাত্রা শুরু করল।

প্রথম ভাইলো এক সপ্তাহ বা তার একটু বেশি সময় পথ চলার পর এক সুদূর গ্রামে পৌঁছে আরেক সহ-জাদুকরকে খুঁজে বের করল যার সঙ্গে তার ঝগড়া হয়েছিল। স্বাভাবিক ভাবেই অস্ত্র হিসেবে তার কাছে এল্ডার জাদু-ছড়ি থাকার ফলে লড়াইতে সে কোনও ভাবেই পরাজিত

হল না। মৃত শত্রুকে মাটিতে ফেলে রেখে বড় ভাইটি একটা সরাইখানায় ঢুকল, যেখানে গিয়ে সে উচ্চস্বরে গর্ব করে মৃত্যুর কাছ থেকে ছিনিয়ে নেওয়া শক্তিশালী জাদু-ছড়ির কথা, এবং কিভাবে সেটা তাকে অপরাজেয় করে তুলেছে সেই ব্যখ্যা দিতে লাগল।

সেই রাতে সে যখন মদ্যপান করে ঘুমে আচ্ছন্ন, তখন আরেকজন জাদুকর চুপি চুপি তার বিছানার কাছে গেল।

তারপর চোরটা সেই জাদু-ছড়ি নিয়ে বড় ভাইয়ের গলা কেটে দিল।

এইভাবে মৃত্যু বড় ভাইটিকে নিজের কাছে নিয়ে নিল।

অন্যদিকে দ্বিতীয় ভাই নিজের বাড়ি পৌঁছেছে, যেখানে সে একা থাকে। এখানে এসে সে ওই পাথরটা বার করল যার মধ্যে মৃত ব্যক্তিদের ফিরিয়ে আনার শক্তি আছে, এবং সেটাকে তিনবার নিজের হাতে ঘোরাল। সাথে সাথে

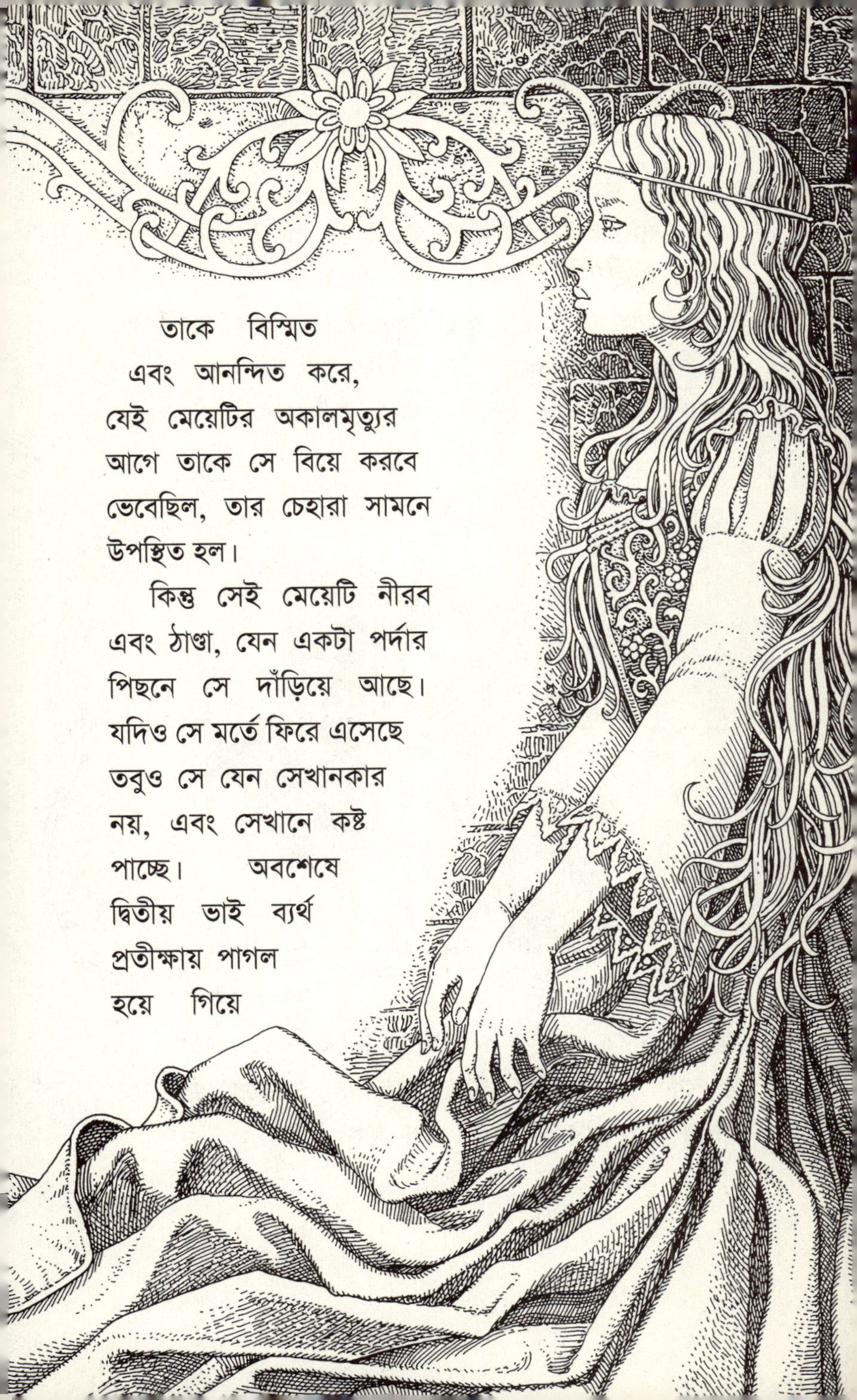

তাকে বিস্মিত এবং আনন্দিত করে, যেই মেয়েটির অকালমৃত্যুর আগে তাকে সে বিয়ে করবে ভেবেছিল, তার চেহারা সামনে উপস্থিত হল।

কিন্তু সেই মেয়েটি নীরব এবং ঠাণ্ডা, যেন একটা পর্দার পিছনে সে দাঁড়িয়ে আছে। যদিও সে মর্তে ফিরে এসেছে তবুও সে যেন সেখানকার নয়, এবং সেখানে কষ্ট পাচ্ছে। অবশেষে দ্বিতীয় ভাই ব্যর্থ প্রতীক্ষায় পাগল হয়ে গিয়ে

আত্মহত্যা করল যাতে সত্যি সত্যিই সে তার প্রেমিকার সাথে মিলিত হতে পারে।

এভাবে মৃত্যু দ্বিতীয় ভাইটিকেও নিজের কাছে নিয়ে নিল।

কিন্তু বহু বছর ধরে তৃতীয় ভাইয়ের খোঁজ করেও মৃত্যু তার সন্ধান পেল না। অবশেষে বার্ধক্যে পৌঁছে সে সেই অদৃশ্য

হওয়ার চাদর খুলে তার ছেলেকে দিয়ে দিল। তারপর সে মৃত্যুকে পুরনো বন্ধুর মতো অভিবাদন জানিয়ে প্রসন্নচিত্তে জীবন ত্যাগ করে তার সাথে চলে গেল।

IGNOTUS

'তিন ভাইয়ের কাহিনী'র ব্যাপারে অ্যাল্বাস ডাম্বেলডোরের মন্তব্য

এই গল্প ছেলেবেলায় আমার উপর গভীর প্রভাব ফেলেছিল। আমি প্রথম এটা আমার মায়ের মুখে শুনি, এবং তারপর থেকে বেশীরভাগ দিনেই ঘুমোতে যাওয়ার আগে এই গল্প শুনতে চাইতাম। এর ফলে মাঝে মধ্যেই আমার সাথে আমার ছোট ভাই অ্যাবরফর্থ-এর ঝগড়া হতো, যার প্রিয় গল্প ছিল 'গ্রাম্বেল নামক নোংরা ছাগল'।

'তিন ভাইয়ের কাহিনী' গল্পটির সারমর্ম এর চেয়ে বেশি পরিষ্কার হওয়া সম্ভব নয় : মৃত্যুকে ফাঁকি দেওয়ার জন্য মানুষের সকল প্রচেষ্টা হতাশায় শেষ হয়। এই গল্পের তৃতীয় ভাই ('তিনজনের মধ্যে সবচেয়ে নম্র এবং

বুদ্ধিমান') একমাত্র ব্যক্তি যে বুঝতে পারে মৃত্যুকে প্রথমবার একটুর জন্য ফাঁকি দেওয়ার পর তার সাথে দ্বিতীয় সাক্ষাত যথাসম্ভব দেরিতে করাই শ্রেয়। ছোট ভাইটি জানে যে বড়জনের মতো হিংস্রতায় উন্মত্ত হয়ে, অথবা দ্বিতীয় ভাইটির মতো নেক্রম্যান্সি[1] জাতীয় কালাজাদু নিয়ে ঘাঁটাঘাঁটি করার মাধ্যমে মৃত্যুকে উসকানি দেওয়ার অর্থ নিজেকে এক ধূর্ত শত্রুর বিপরীতে দাঁড় করানো যাকে হারানো অসম্ভব।

অদ্ভুত ব্যাপার হচ্ছে, এই গল্পকে কেন্দ্র করে একটা আজগুবি উপকথা তৈরি হয়েছে যা এর মূল বক্তব্যের সম্পূর্ণ বিপরীত। এই উপকথা অনুযায়ী মৃত্যু তিন ভাইকে তিনটে উপহার দেয় - এক অপরাজেয় জাদু-ছড়ি, একটা পাথর যা মৃত ব্যাক্তিকে ফিরিয়ে আনতে পারে, এবং একটা অদৃশ্য হওয়ার চাদর যা চিরসহনশীল - এগুলো সব নাকি আসল বস্তু যার অস্তিত্ব বাস্তবে রয়েছে। উপকথাটি এও বলে : কোনও এক ব্যক্তি যদি সত্যি সত্যিই এই তিনটের অধিকারী হয়, তাহলে সে 'মৃত্যুর অধিপতি' হয়ে যাবে, অর্থাৎ সে হবে অজেয়, এমনকি অমর।

এই বিষয়টা আমাদেরকে মনুষ্য প্রবৃত্তি সম্বন্ধে যা বলছে তাতে হয়তো আমরা একটু আপসোসের সাথে হাসতেই পারি। সবচেয়ে অমায়িক ব্যখ্যা হিসেবে বলা যেতে পারে : 'আশা

---

[1] [নেক্রম্যান্সি হল মৃত ব্যাক্তিকে জাগিয়ে তোলার কালাজাদু। এ এমন এক ধরনের জাদু যা কখনও কার্যকরী হয়নি, অন্তত এই গল্প থেকে তো সেটাই স্পষ্ট। জে.কে.আর.]

চিরপ্রবাহমান’[2]। যদিও বীডেলের মতে তিনটের মধ্যে দুটো জিনিস খুবই বিপজ্জনক; যদিও পরিষ্কার বোঝা যাচ্ছে সবার জন্যে মৃত্যু অবশ্যম্ভাবী, তবুও জাদুকর সম্প্রদায়ের একটা ছোট্ট অংশ মনে করে যে বীডেল আসলে তাদেরকে কোনও গুপ্ত বার্তা দেওয়ার চেষ্টা করছেন, যা লিখিত কথাগুলোর ঠিক বিপরীত কোনও বক্তব্য তুলে ধরে, এবং যা বোঝার মতো বুদ্ধি শুধু তাদেরই আছে।

তাদের মতবাদের (অথবা হয়তো ‘অদম্য প্রত্যাশা’ বললেও সঠিক বলা হবে) বাস্তবিক প্রমাণ খুবই সামান্য। সত্যিকারের অদৃশ্য হওয়ার চাদর যদিও দুর্লভ, কিন্তু তবুও আমাদের এই পৃথিবীতে পাওয়া যায়; কিন্তু গল্পের থেকে একটা জিনিস পরিষ্কার, মৃত্যুর অদৃশ্য হওয়ার চাদরটা অত্যন্ত টেকসই[3]। বীডেলের সময় থেকে আজ পর্যন্ত যত

---

[2] [এই উদ্ধৃতাংশ প্রমাণ করে যে অ্যাল্বাস ডাম্বেলডোর শুধুমাত্র জাদুকরী ভাষাতেই বিশেষভাবে শিক্ষিত ছিলেন না, বরং তিনি মাগল কবি অ্যালেক্সান্ডার পোপ’এর লেখার সাথেও যথেষ্ট পরিচিত। জে.কে.আর.]

[3] [অদৃশ্য হওয়ার চাদর সাধারণত চিরকাল অক্ষত থাকে না। বয়সের সাথে সাথে সেগুলো ছিঁড়ে অথবা ফ্যাকাসে হয়ে যেতে পারে, বা তাদের জাদু-ক্ষমতার অবক্ষয় ঘটতে পারে, অথবা উদঘাটনের মন্ত্র দ্বারা বিপরীত পথে চালিত হতে পারে। এই কারণেই জাদুকরী বা জাদুকরেরা আত্মগোপনের জন্য সবার আগে মায়ার জাদুমন্ত্র ব্যবহার করে। শোনা যায় অ্যাল্বাস ডাম্বেলডোর নাকি এমন এক শক্তিশালী মায়ার জাদুমন্ত্র জানতেন যে তিনি সেই মন্ত্রের দ্বারা নিজেকে কোনোরকম চাদর ছাড়াই সম্পূর্ণ অদৃশ্য করে ফেলতে পারতেন। জে.কে.আর.]

শতাব্দী পেরিয়েছে, তার মধ্যে কেউ কোনোদিন মৃত্যুর অদৃশ্য হওয়ার চাদর খুঁজে পেয়েছে বলে জানা যায় না। বিশ্বাসীদের মতে এর ব্যাখ্যা হল : হয় তৃতীয় ভাইয়ের উত্তরাধিকারীরা জানে না সেই অদৃশ্য হওয়ার চাদর কোথা থেকে এসেছে, অথবা তারা জানে এবং এই সত্য গোপন রাখার মাধ্যমে তারা একরোখা ভাবে তাদের পূর্বপুরুষদের জ্ঞানভাণ্ডার প্রদর্শিত করতে উদ্যত।

স্বাভাবিক ভাবেই সেই পাথরও কোনোদিন খুঁজে পাওয়া যায়নি। 'ব্যাবিটি র‍্যাবিটি এবং তার হাস্যময় কাণ্ড' গল্পের মন্তব্যে আমি আগেই বলেছি, আমরা মৃত ব্যাক্তিকে ফিরিয়ে আনতে অক্ষম, এবং যুক্তিসঙ্গত ভাবেই মেনে নেওয়া উচিত যে কোনোদিন সম্ভব হবে না। অসাধু জাদুকররা অবশ্য এর নিকৃষ্ট ধরনের বিকল্প বের করার বহু প্রচেষ্টা করেছে, তারা ইনফেরি[4] বানিয়েছে, যা কেবল ভুতুড়ে পুতুলের মতো বস্তু, নবজাগরিত মানুষ নয়। বীডেলের গল্প থেকে এও স্পষ্ট যে দ্বিতীয় ভাইয়ের প্রাক্তন প্রেমিকা আসলে মৃত্যু থেকে উঠে আসেনি। মৃত্যু নিজেই তাকে পাঠিয়েছিল দ্বিতীয় ভাইকে নিজের কবলে আনার জন্য, এবং সেই কারণেই সেই নারী চেহারা স্থির,

---

[4] [ইনফেরি হল কালাজাদুর মাধ্যমে পুনর্জাগরিত মৃতদেহ। জে.কে.আর.]

নিঃস্পৃহ, এবং অদ্ভুত ভাবে একই সঙ্গে উপস্থিত এবং অনুপস্থিত[5]।

এবার তাহলে বাকি থাকে জাদু-ছড়ি, এবং এক্ষেত্রে বীডেলের গোপন বার্তার ব্যাপারে একগুঁয়ে বিশ্বাসীদের কাছে তাদের বিচার-বিবেচনাহীন দাবীকে সায় দেওয়ার জন্য কিছু ঐতিহাসিক প্রমাণ রয়েছে। বিষয়টা এমন যে – তারা নিজেরদের প্রশংসার উদ্দেশ্যে, না সম্ভাব্য আক্রমণকারীদের ভয় দেখানোর জন্য, নাকি তারা সত্যিই তাদের সেই ধারনায় বিশ্বাস করতো, তা বলা কঠিন – যুগ যুগ ধরে জাদুকরেরা দাবী করে এসেছে তাদের কাছে নাকি এমন একটা জাদু-ছড়ি আছে যা সাধারণের থেকে অনেক বেশি শক্তিশালী, অথবা বলা যেতে পারে 'অপরাজেয়' এক জাদু-ছড়ি। এদের মধ্যে কোনও কোনও জাদুকর এও দাবী করে যে এই ছড়ি এল্ডার নামক গাছের ডাল দিয়ে তৈরি, ঠিক যেমনটা মৃত্যু এই গল্পে বানিয়েছে। এজাতীয় জাদু-ছড়িকে বিভিন্ন নাম দেওয়া হয়েছে, যেমন 'নিয়তির জাদু-ছড়ি' অথবা 'মৃত্যুছড়ি'।

এতে খুব একটা অবাক হওয়ার কিছু নেই যে আমাদের এই জাদু-ছড়িগুলোকে কেন্দ্র করে বহু পুরনো কুসংস্কার তৈরি হয়েছে, কারণ সব শেষে, এগুলোই আমাদের সবচেয়ে

---

[5] বহু সমালোচক মনে করে মৃত ব্যাক্তিকে উজ্জীবিত করার পাথররের ব্যাপারে বীডেল দার্শনিকের পাথর দ্বারা অনুপ্রাণিত, যার থেকে অমৃত-প্রদানকারী জীবনের অমোঘ ওষুধ তৈরি হয়েছে।

প্রয়োজনীয় জাদুকরী দ্রব্য এবং অস্ত্র। কিছু কিছু জাদু-ছড়ি (এবং তাদের কর্তা) অসঙ্গত বলে গণ্য করা হয় :

যখন উভয়ের ছড়ি-কাঠ চিরশ্যামল গুল্মবিশেষ,
তখন বিবাহ-কার্য যেন বোকামির একশেষ।

অথবা কর্তার চারিত্রিক ত্রুটি চিহ্নিত করে:

রোয়ান গাছের পরচর্চা, বাদাম গাছের গুঞ্জন,
অ্যাশ গাছটি একরোখা, হ্যাজেল গাছের ক্রন্দন।

এবং অতি অবশ্যই এই প্রমাণ-বিহীন প্রবাদবাক্যগুলোর তালিকায় আমরা দেখতে পাই:

এল্ডার গাছের জাদু-ছড়ি, কখনও হয় না কার্যকরী।

বীডেলের গল্পে মৃত্যু তার কাল্পনিক জাদু-ছড়ি এল্ডার গাছের ডাল দিয়ে বানাচ্ছে বলে, নাকি ক্ষমতালোভী হিংস্র জাদুকরেরা বারংবার দাবী করেছে বলে, যে তাদের নিজেদের জাদু-ছড়ি নাকি এল্ডার গাছের ডাল থেকে তৈরি, আসল কারণ যাই হোক না কেন, মূল কথা হল এই কাঠ জাদু-ছড়ির সৃষ্টিকর্তারা তেমন একটা পছন্দ করেন না।

প্রথম যেই এল্ডার গাছের তৈরি জাদু-ছড়ির উল্লেখ নথিভুক্ত আছে, তা বিশেষ শক্তিশালী এবং ক্ষমতাসম্পন্ন বলে জানা যায়। তার অধিকর্তা ছিল এমেরিক, যে 'অশুভ' নামে বেশি পরিচিত, স্বল্পায়ু কিন্তু খুবই আক্রমণাত্মক এক জাদুকর ছিল, যে মধ্য যুগের শুরুর দিকে ইংল্যান্ডের দক্ষিণভাগে আতঙ্ক ছড়িয়ে রেখেছিল। ও যেরকম ভাবে বেঁচে ছিল সেরকম ভাবেই মারা যায়, এগবর্ট নামক এক জাদুকরের সাথে ভয়ানক দ্বন্দ্বযুদ্ধ করতে করতে। তারপর এগবর্টের কি হল তা অজানাই রয়ে গেছে, যদিও একথা সত্যি যে মধ্য যুগের যোদ্ধাদের জীবনকাল সীমিত। কালাজাদু নিয়ন্ত্রণকারী মিনিস্ট্রি অফ ম্যাজিক স্থাপিত হওয়ার আগে দ্বন্দ্বযুদ্ধে সাধারণত কারুর না কারুর মৃত্যু হতোই।

পুরো একশো বছর পর, আরেকজন অপ্রীতিকর চরিত্র, এর নাম গডেলট, এক শক্তিশালী জাদু-ছড়ির সাহায্যে ক্ষতিকারক জাদুমন্ত্রের একখানা সঙ্কলন লিখে কালাজাদুর বিদ্যাকে এগিয়ে নিয়ে গিয়েছিল। সে তার নোটবইতে এই জাদু-ছড়িকে বর্ণনা করেছে 'আমার সব চেয়ে ধূর্ত এবং সূক্ষ্ম বন্ধু, যার শরীর এলহর্ন[6] দিয়ে তৈরি, সবচেয়ে অশুভ জাদুর পদ্ধতি এর জানা আছে'। (*সবচেয়ে মন্দ জাদু* গডেলট-এর লেখা শ্রেষ্ঠতম বইয়ের নাম।)

---

[6] 'এল্ডার'-এর একটা পুরনো নাম।

যেমনটা দেখা যায়, গডেলট তার জাদু-ছড়িকে মনে করতো নিজের সঙ্গী, প্রায় নির্দেশকও বলা যায়। যারা ছড়িবিদ্যা সম্বন্ধে জানে[7], তারা সহমত হবে যে জাদু-ছড়ি তার কর্তার পারদর্শীতা অন্তর্নিহিত করে নেয়, যদিও এটা একটা অনির্দিষ্ট এবং অসম্পূর্ণ ব্যাপার; তবুও সমস্ত রকমের আনুসাঙ্গিক বিষয়বস্তুর উপরেও খেয়াল রাখা উচিত, যেমন জাদু-ছড়ি এবং তার ব্যবহারকারীর মধ্যে সম্পর্ক, কোনও নির্দিষ্ট ব্যক্তির হাতে পড়লে সেই জাদু-ছড়ি কতটা ভালো কাজ করবে, ইত্যাদি। সে যাই হোক, একটা আনুমানিক জাদু-ছড়ি যা বহু অশুভ জাদুকরের হাত হয়ে ঘুরেছে, সবচেয়ে ভয়ানক ধরনের জাদুর প্রতি তার আসক্তি থাকবেই।

বেশীরভাগ জাদুকরী এবং জাদুকর কোনও দ্বিতীয়-পক্ষের জাদু-ছড়ির থেকে বরং এমন একখানা জাদু-ছড়ি পছন্দ করে যা নিজের থেকেই তার মালিককে 'নির্বাচিত' করেছে, কারণ প্রথম ক্ষেত্রে সাধারনত সেই ছড়ি তার প্রাক্তন কর্তার থেকে এমন কিছু স্বভাব রপ্ত করে থাকে যা এই নতুন ব্যবহারকারীর জাদুর ধরনের সাথে একেবারে বেমানান। কোনও জাদু-ছড়ির মালিক মারা গেলে, সেটাকে তার সাথেই কবর দেওয়ার (অথবা পুড়িয়ে ফেলার) প্রথা একটা জাদু-ছড়িকে বিভিন্ন রকম মালিকের বিদ্যা রপ্ত করার থেকে আটকায়। এল্ডার জাদু-ছড়ির বিশ্বাসীরা যদিও মনে করে, যেভাবে এর আনুগত্য হাতবদলের

---

[7] যেমন আমি।

সাথে সাথে বদলে এসেছে - পরের মালিক প্রথমজনকে হত্যা করে এর অধিকার নিয়েছে - এল্ডার জাদু-ছড়িকে কখনও নষ্ট করা বা কবর দেওয়া হয়নি, বরং সেটা সাধারণের চেয়ে অনেক বেশি জ্ঞান, শক্তি এবং ক্ষমতা অর্জন করে এসেছে।

গডেলটের ব্যাপারে জানা যায় যে সে তার নিজ-কক্ষেই মারা যায়, যেখানে তার পাগল ছেলে, হিয়রওয়ার্ড, তাকে তালাবন্ধ করে রেখেছিল। আমাদের ধরে নিতে হবে হিয়রওয়ার্ড তার বাবার জাদু-ছড়ি নিয়ে নিয়েছিল, কারণ তা নয়তো তার বাবা পালিয়ে যেতে পারতো, কিন্তু হিয়রওয়ার্ড তারপর সেই ছড়ি নিয়ে কি করেছে তা আমাদের নিশ্চিত জানা নেই। যেটুকু নিশ্চিতভাবে জানা গেছে তা হল আঠেরোশো শতাব্দীর শুরুর দিকে 'এল্ড্রান[৪] ওয়ান্ড' নামক একটা জাদু-ছড়ি, তার মালিক বার্নাবাস ডেভেরিল'এর সাথে দেখা যায়। ডেভেরিল এক ভয়াবহ জাদুকর হিসেবে নিজের পরিচিতি তৈরি করেছিল, এবং তার সন্ত্রাসের রাজত্ব শেষ করেছিল লক্সিয়াস নামক এক জাদুকর, যে একইমাত্রায় কুখ্যাত, এবং ছড়িটা নিয়ে সে ওটার নাম দেয় 'মৃত্যুছড়ি'। যারা যারা তাকে অসন্তুষ্ট করতো ওই ছড়ি ব্যবহার করে সে তাদেরকে ধ্বংস করে দিত। লক্সিয়াস'এর জাদু-ছড়ির ব্যাপারে এর পরবর্তী ইতিহাস জানা কঠিন, কারণ অনেকেই তাকে মেরে ফেলেছে বলে দাবী করে, যার মধ্যে তার নিজের মা একজন।

---

[৪] এল্ডার-এর আরেকটা পুরনো নাম।

কোনও বুদ্ধিমান জাদুকরী বা জাদুকর যারা 'এল্ডার জাদু-ছড়ি'র' ইতিহাস নিয়ে পড়াশোনা করছে, তাদের যেই জায়গায় খটকা লাগবে সেটা হল এই যে যারা এর অধিকারী হয়েছে[9] বলে দাবী করে, তারা প্রত্যেকে দৃঢ়তার সাথে বলেছে যে এটা 'অপরাজেয়', এদিকে তথ্য অনুযায়ী, এটা যে একাধিক মালিকের হাত ঘুরেছে তা প্রমান করে যে এটা শুধু শতাধিকবার পরাজিতই হয়নি, তার উপর নানান সমস্যাও ডেকে এনেছে, ঠিক যেমন গ্রাম্বেল নামক নোংরা ছাগল মাছি ডেকে আনে। অবশেষে, এল্ডার জাদু-ছড়ির সন্ধান নিয়ে একটা মন্তব্য করাই যায়, যা আমি আমার দীর্ঘ জীবনে বহু ক্ষেত্রে বহুবার বলে এসেছি: মানুষের প্রবণতা হল সেই জিনিসকেই নির্বাচিত করা যা তাদের জন্য সব থেকে বেশি ক্ষতিকারক।

কিন্তু মৃত্যুর উপহারগুলো আমাদের সামনে পেশ করলে, কে তৃতীয় ভাইয়ের মতো বুদ্ধি খাটাতে পারতো বলো তো? জাদুকর এবং মাগল সবাই ক্ষমতার লোভে মগ্ন হয়ে আছে; কজন আছে যারা 'ভাগ্যের জাদু-ছড়ি' নিতে অস্বীকার করবে? কোন মানুষটা নিজের প্রিয়জনকে হারিয়ে পুনরুত্থানের পাথর ব্যবহার করে তাকে ফিরে পাওয়ার লোভ সংবরণ করতে পারবে? এমনকি আমি, অ্যাল্বাস ডাম্বেলডোর, অদৃশ্য হওয়ার

[9] কোনও মহিলা জাদুকরী কোনোদিন এল্ডার জাদু-ছড়ির অধিকারী হয়েছে বলে দাবী করেনি। এর থেকে যা মন চায় বুঝে নাও।

চাদরটা না নেওয়াই হয়তো সবচেয়ে সহজ বলে মনে করতাম; যার থেকে এটাই প্রমাণিত হয় যে, আমি যতই বুদ্ধিমত্তার পরিচয় দেই না কেন, আদতে আমিও বাকিদের মতোই বোকা।

ল্যুমস টিমের কাছ থেকে একটি বার্তা

ল্যুমস (বিশেষ্য; ল্যু-মস):

1. *আলো সৃষ্টিকারী একটা জাদুমন্ত্র, যাকে ‘জাদু-ছড়ি প্রজ্বলনকারী মন্ত্রও বলা হয়। (উৎস: হ্যারি পটার সিরিজ)*
2. *সমস্ত শিশু যাতে নিরাপদে ও পরিবারের ভালোবাসা পেয়ে বড় হয়, তা নিশ্চিত করতে কর্মরত একটা অলাভজনক সংস্থা।*

এই সবকিছু শুরু হয় একটা ছবি থেকে।

যখন জে.কে.রাউলিং একটা ছোট্ট ছেলের সাদাকালো ছবি দেখেছিলেন - একলা, গোটা পৃথিবীর থেকে আলাদা, তার পরিবারের থেকে বিচ্ছিন্ন, একটা প্রতিষ্ঠানে আবদ্ধ - তিনি তার দিকে না তাকিয়ে থাকতে পারলেন না।

এবার সেই একটা ছেলেকে পঞ্চাশ লক্ষ দিয়ে গুন করুন।

সারা পৃথিবী জুড়ে এতগুলো বাচ্চা রয়েছে যারা তাদের শৈশবের বছরগুলো আবাসিক প্রতিষ্ঠানে কাটায় - যা আদতে অনাথাশ্রম। অথচ এই বাচ্চারা কিন্তু আসলে অনাথ নয়; এরা এদের পরিবারের কাছে যথেষ্ট প্রিয়। কিন্তু এরা গরীব ঘরে

জন্মগ্রহণ করেছে, বা কোনও অক্ষমতা নিয়ে জন্মেছে, অথবা এমন এক জায়গায় জন্মেছে যেখানে এরা জাতিগতভাবে সংখ্যালঘু এবং যেখানে কোনোরকম সাহায্য বা ত্রাণ পৌঁছয় না।

ল্যুমসে আমরা যা আবিষ্কার করেছি এবং যা কাজে লাগিয়েছি তা বৈপ্লবিক: অনাথাশ্রমগুলো বন্ধ করে তার পরিবর্তে সেই টাকা যদি এমন কিছু সামাজিক কাজে নিয়োগ করা যায়, যার ফলে শিশুরা তাদের নিজেদের বাড়িতে থাকতে পারে, যেখানে তাদের আসল বসস্থান, তবে তা অনেক বেশি সাস্রয়কর ও সফল হয়।

আমরা এই অব্দি কিভাবে পৌঁছলাম?

গত কয়েক দশক ধরে অনাথাশ্রমগুলো প্রচুর দুস্থ বাচ্চা এবং তাদের পরিবারের জন্য একমাত্র সহায় হয়ে উঠেছে। প্রায়ই দেখা যায় অসহায় বাবা-মা'দের কাছে এটাই একমাত্র উপায়। এবং এর ফলাফল মারাত্মক এবং তাদের জীবনে গভীর প্রভাব ফেলে।

গবেষণায় দেখা গেছে এসব বাচ্চাদের পাচার করা এবং এদের সাথে নানা রকম অপব্যবহার এবং অবহেলার প্রবণতা অনেক বেশি। এবং এর ফলে বড় হয়ে বহির্জগতের সাথে মানিয়ে নিতে এদের নানা রকম সমস্যায় পড়তে হয়।

প্রকৃত পরিবর্তনের পথে আলোকপাত

আমাদের খেয়াল রাখতে হবে, জগতের উন্নতির জন্য সকল শিশু শুধুমাত্র কোনোরকমে বেঁচে আছে এমনটা নয়, তারা যেন

জীবনে প্রতিষ্ঠিত হতে পারে। ল্যুমস সেই সকল মৌলিক উপাদানগুলোর খেয়াল রাখে যা এদেরকে প্রয়োজনীয় মানসিক সহায়তা যোগায়: প্রত্যেকের জন্য বাবা-মায়ের স্নেহ এবং ভালোবাসা।

শৈশবাবস্থার মস্তিষ্ক-গঠন নিয়ে গবেষণায় দেখা গেছে যে প্রত্যেকের প্রতি ব্যক্তিগত মনোযোগ, সংবেদনশীলতা, এবং অবিরত অভিভাবকত্বের মাধ্যমে উৎসাহ যোগানো, এবং সেই সুবাদে গড়ে ওঠা বাচ্চাদের সঙ্গে মাতা-পিতার বন্ধন মস্তিষ্কের বৃদ্ধি এবং বিকাশে সাহায্য করে। মূলত সব রকম সুখ এবং সফলতার গোড়ায় থাকে সন্তান এবং পিতা-মাতার সম্পর্ক।

যদিও অনাথাশ্রমগুলো বাচ্চাদের হিতার্থে তৈরি হয়, তাদের যত্নআত্তির কাজে নিহিত কর্মচারীরা যতই চেষ্টা করুক না কেন, তারা কখনোই একটা পরিবারের বিকল্প হয়ে উঠতে পারে না। এখানে খুব সীমিত সংখ্যক কর্মচারী একসাথে অনেক শিশুর দায়িত্বে নিযুক্ত থাকেন, অর্থাৎ সেসব শিশুদের ঘন্টার পর ঘন্টা একলা, কোনোরকম উৎসাহ ছাড়া, অনেকসময় কোনও মানুষের সংস্পর্শ ছাড়াই সময় কাটাতে হয়।

সৌভাগ্যক্রমে এটা পুরোটাই একটি সমধানযোগ্য সমস্যা। পৃথিবীর বহু দেশ অনাথাশ্রমে শিশুদের দেখাশোনা করার প্রথা তুলে দিয়ে তার বদলে নানারকম সাহায্য যোগায়, যার দ্বারা শিশুদের তাদের পরিবারের সঙ্গে এবং তাদের নিজেদের সম্প্রদায়ের ভেতর থাকা সম্ভবপর হয়ে উঠছে।

একটা বিশ্বব্যাপী সংস্থা

আমাদের কাজ আমাদেরকে বিভিন্ন ইউরোপীয় অঞ্চলে এক বিশেষ স্থান অর্জন করে নিতে সাহায্য করেছে : ইউরোপীয় সংগঠন এবং অন্যান্য বড় বড় ত্রাণ সংস্থা বুঝেছে যে অনাথাশ্রম কখনও কোনও কিছুর সমাধান হতে পারে না, এবং তারা তাদের আর্থিক সাহায্য সমাজ ভিত্তিক সেবায় নিহিত করেছে।

শিশুদেরকে তাদের পরিবারের সঙ্গে, যেটা তাদের আসল জায়গা, সেখানে রাখার ব্যাপারে এখন আর 'যদি' বলে কিছু নেই, বরং 'কখন' এবং 'কিভাবে' হল মূল প্রশ্ন।

কিন্তু পৃথিবী জুড়ে বহু দেশে এখনও অনাথাশ্রমের চল রয়েছে, খুব সম্ভবত দুস্থ শিশুদের প্রয়োজনীয়তার খেয়াল রাখার জন্য। ল্যুমস এই প্রথাকে পালটানোর আন্তর্জাতিক প্রচেষ্টায় একটা প্রধান ভূমিকা পালন করছে।আমাদের প্রকল্পগুলো যা বাস্তবায়িত হওয়ার মাধ্যমে দেখিয়ে দেয় ল্যুমসের ধরন কতটা কার্যকরী, এবং বিশ্বের সিদ্ধান্ত গ্রহণকারীদের প্রভাবিত করার মাধ্যমে যাতে তারা শিশুদেরকে অনাথাশ্রমের বদলে বাড়িতে থাকার ব্যবস্থা করে দেয়, আমরা দেখব ইউরোপে যেসব পরিবর্তন আমরা এনেছি তা যেন সারা বিশ্বে ছড়িয়ে পড়ে।

একটা বিশ্বব্যাপী আন্দোলন

বর্তমান সামাজিক পরিস্থিতি পালটানোর জন্য প্রয়োজন সময়, রাজনৈতিক এবং জনগণের ইচ্ছাশক্তি, এবং অনাথাশ্রমগুলোর

ব্যাপারে মানুষের ধারনা এবং সেগুলোর বাস্তবিক অবস্থার মধ্যে যে বিভাজন তার বিরুদ্ধে একটা যৌথ উদ্যোগ:

- অনাথাশ্রমগুলোয় শুধুমাত্র অনাথ শিশুরাই থাকে না – ওখানে এমন কিছু শিশুও থাকে যাদের স্নেহময় পরিবার আছে, শুধু তাদের একটু সমর্থনের প্রয়োজন।
- এর মধ্যে অনেক স্থানই আছে যেগুলো দুরবস্থায় থাকা শিশুদের জন্য অনুকূল এবং উপযুক্ত নয়।
- এই জায়গাগুলো শিশুদের ভবিষ্যতের জন্য যথাযথ নয়।
- এগুলো সবচেয়ে সাশ্রয়কর সমাধানও নয়।

এই অনন্য এবং বিশেষ বইটি কেনার মাধ্যমে আপনি আমাদেরকে করছেন যাতে আমরা বিশ্বজুড়ে যত কেয়ার সিস্টেম আছে, সেইগুলোকে পরিবর্তন করে প্রত্যেক শিশুকে একটা পরিবার দেওয়ার জন্য লড়াই করতে পারি, যা তাদের প্রাপ্য।জে. কে. রাউলিং দ্বারা তৈরি একটি ত্রাণ সংস্থা, আমরা এমন এক ভবিষ্যতের জন্য লড়াই করছি যেখানে প্রত্যেকটা শিশু নিরাপদে এবং একটা পরিবারের ভালোবাসা ও সহায়তা পেয়ে একটা বাড়িতে বড় হতে পারে এবং জীবনে উন্নতি করতে পারে।

পরিবারের ভেঙে যাওয়ার মূল কারণগুলোর উপর ল্যুমস আলোকপাত করে - দারিদ্র্য, সংঘর্ষ, ভেদাভেদ - এবং বোঝায় যে পরিবারের সাথে শিশুদের সহজেই মিলিত করা যেতে পারে। কেয়ার সিস্টেমগুলোকে সংশোধন করার জন্য সরকারকে বলে, এবং অংশীদারদের সাথে আন্তর্জাতিক মানের দক্ষতা ও ব্যাপ্তি

গড়ে তুলে আমরা নিশ্চিত করি কোনও শিশু যাতে বঞ্চিত না হয়ে যায়।

আমরা উন্নত ভবিষ্যতের জন্য এমন একটা পথ আলোকিত করে তুলছি যেখানে সমস্ত শিশু নিরাপদে ও একটা স্নেহশীল পরিবারে বড় হয়ে উঠতে পারবে।

আমরা ল্যুমস।

এই ব্যাপারে আরও জানার জন্য www.wearelumos.org ওয়েবসাইটে যান।

আপনি যাদু শেয়ার করার জন্য আমন্ত্রিত

HARRY POTTER BOOK NIGHT

এই আনন্দ উদজাপনে আপনি কিভাবে অংশগ্রহণ করবেন তা জানতে

harrypotterbooknight.com ওয়েবসাইটে যান

নানারকম গেম, প্রতিযোগিতা ও
অন্যান্য মজাদার জিনিস ডাউনলোড
করার জন্য

harrypotter.bloomsbury.com ওয়েবসাইটে যান

জে.কে. রাউলিং রচিত

বীডেল দ্য বার্ড-এর গল্পকথা'র

প্রশংসা

'স্বতেজ সৃজনশীল... এবং চমৎকার ভাবে তৃপ্তিদায়ক'
সানডে টাইমস্

'লেখিকার কল্পনা এবং সচেতনতার এক আত্মবিশ্বাসী মিশেলে সমৃদ্ধ পাঁচটি আকর্ষণীয় গল্প যা নবীন এবং প্রবীণ উভয়ের জন্যই শিক্ষামূলক'
সানডে এক্সপ্রেস

'গল্পগুলোর থেকে দুঃসাহসী, শ্লেষপূর্ণ কৌতুক ঝরে পড়ে যার সাথে পটারের পাঠকরা পরিচিত'
ফিন্যান্সিয়াল টাইমস্

'এক জটিল কৌতুক এবং তার সঙ্গে পদটীকা, যা হ্যারি পটারের যেকোনো নিষ্ঠাবান ছাত্রকে আচ্ছন্ন করে'
অবসারভার

'গল্পগুলো অত্যন্ত সৃজনশীল, বিভিন্ন ধরনের, মজাদার এবং বুদ্ধিদীপ্ত...গল্প বলার ধরন মনোরঞ্জক'
বুকস্ ফর কীপস্